雪に閉ざされて
冬の田園詩

ジョン・グリーンリーフ・ホイッティア
根本 泉［訳］

新教出版社

SNOW-BOUND: A WINTER IDYL

by John Greenleaf Whittier

1866

Tr. into Japanese

by Izumi Nemoto

2016

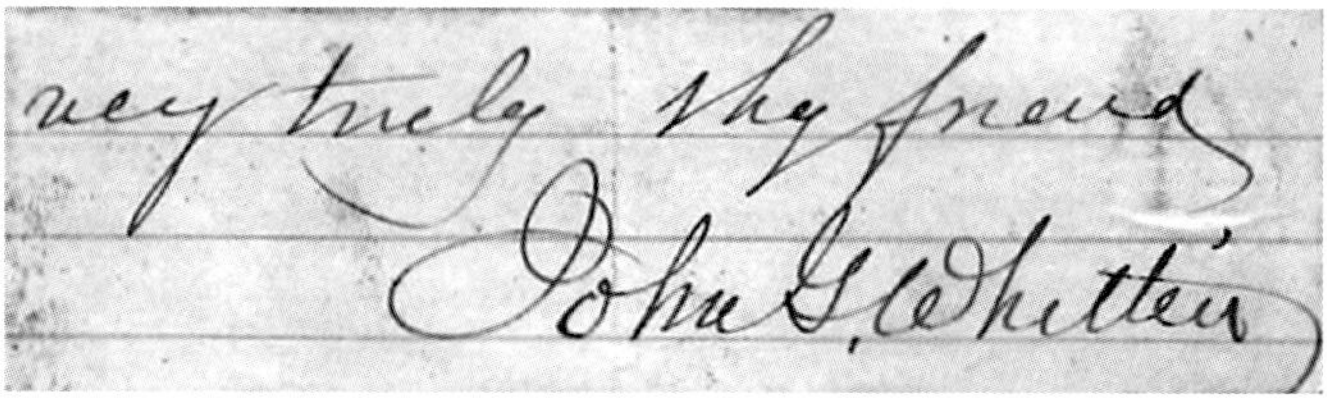

上：ホイッティアの肖像（1859 年撮影の写真）
下：ホイッティアの署名

猛吹雪の後のホイッティアの生家（マサチューセッツ州ヘイヴァリル）（上）と
向いの納屋（下）（アーサー・ヴィージー氏撮影）

この訳詩を

西山良雄先生

に捧げる

目次

雪に閉ざされて——冬の田園詩

この詩を、その中で語られる家庭の人々の想い出に捧げるこの詩で語られている、ホイッティア農場の家庭の同居人は、わたしの父、母、弟、二人の姉妹、それに未婚のおじとおばである。そのほかに、この地区の小学校の先生が、わたしたちの家に下宿していた。詩の中で「やや恐れられ、あまりうれしくない客」として登場するのは、ニューハンプシャー州のリヴァモア判事の娘、ハリエット・リヴァモアである。彼女はすばらしい天性の能力を持つ若い婦人で、熱狂的かつ変わり者であり、その激しい気性をなかなか押さえることができなかった。そのため、時に、彼女の宗教家としての職業は疑わしいものとされた。さらに、父親が国会議員であった時、小学校の校舎での祈禱会やワシントン舞踏場でのダンスパーティーで、熱心に伝道した。彼女は若い頃キリストの再臨を信奉し、主の速やかな来臨を宣《の》べ伝えることを、自らの義務と思っていた。彼女は、このメッセージを携えて大西洋を渡り、長い人生のかなりの期間を、ヨーロッパとアジアを旅することに費した。また、彼女はしばらくの時を、彼女同様風変わりで神経質な、レディー・ヘスター・スタナップ(1)と共に、レバノン山の山腹で過ごした。しかし最後には、スタナップとけんかになった。それは、背に赤いマークを鞍《くら》の印としてつけた、二頭の白い馬をめぐってのことであった。爵位を持つこのハリエットの主人は、主イエス・キリストと共に、これらの馬に乗ってエルサレムに入城することを、期待していたのである。わたしの友人のひとりは、ハリエットがすっかり年老いて、アラブ人の一部族と共にシリアを放浪しているのを見た。彼らは、狂気は霊感であるとの東洋的な考えによって、彼女を女預言者また指導者として受け入れたのであった。『雪に閉ざされて』の中で語られた頃には、彼女はわたしたちの家から約二マイル離れた、ロックス・ヴィレッジに下宿していた。

　少年時代、人里離れたわたしたちの農場の家には、わずかな情報源しかなかった。すなわち、数冊の本と小さな週刊の新聞だけであった。わたしたちの唯一の年鑑は「暦」であった。このような環境のもとでは、昔話は、長い冬の夕べの暇つぶしに、なくてはならぬものであった。父は若い頃、荒野を横切ってカナダまで行ったことがあったので、インディアン[2]や野獣との戦いにまつわる冒険談や、フランス人の村に滞在した時のことについて、わたしたちに語って聞かせることができた。おじは、狩りと漁の記録を巧みに語ってくれたし、彼が少なくとも半ば信じていた、魔法や幽霊の話もお手の物であったことを告白しなければならない。ニューハンプシャー州のドーヴァーとポーツマスの間にあるサマーズワースの、インディアンが出没する地域に生まれた母は、祖先たちが未開人に襲撃[3]され、危機一髪で逃れたことについて話してくれた。また、彼女は、ピスカタクア川とコチェコ川沿いに住む、一風変わった人々について教えてくれ、その中にバンタムという魔術師がいた。私は、この人の「魔術の本」を持っている。彼は、人から助言を求められると、厳かにこの本を開いたという。それは、一六五一年に印刷された、コルネリウス・アグリッパ[4]の『魔術』（*Magic*）で、ロバート・チャイルド博士[5]に献呈されたものである。チャイルド博士は、マイケル・スコット[6]同様、

「海のかなたのパドヴァで
　魔術を[7]」

学んだ人であり、かつて彼が住んでいたマサチューセッツ州の年史において、勇敢にも地方集会に良心の自由を求めた最初の人物として、有名である。この本の正式のタイトルは、『ナイト爵で法学博士、神聖な皇帝陛下の相談役で大権裁判所の判事であるヘンリ・コルネリウス・アグリッパによる神秘哲学全三巻』である。

「闇の霊が暗闇の中でより強さを増すように、光の天使である善き霊も、太陽の神聖な光だけでなく、われわれが木を燃やした時の普通の焚火によっても力を増すのである。そして、神聖な火が闇の霊を追い払うように、われわれの焚火も同じ働きをするのである。」

――コルネリウス・アグリッパ『神秘哲学』第一巻、第五章

「空に響きわたる、すべてのラッパの予告と共に、
雪が降り出す。そして、草原を駆けめぐり、
どこにも止まる様子はない。白く染まった空気は、
丘や森、川や空を隠し、
農園の端の家を覆う。
そりと旅人は足留めを食い、運搬人の足は
遅れ、友人たちはみな締め出され、同居人は
明るく輝く暖炉のまわりにすわる。
騒然とした嵐にひとり隠されて。」

――エマソン「吹雪[8]」

日の短い十二月のその日、太陽は
活気なく灰色の丘の上に昇り、
黒く縁取られて、まだ真昼なのに、
欠けゆく月よりも暗い光を投げかけた。
曇りゆく空に、ゆっくりと、
声なき不吉な予言、
かすかな脅威の兆しを描いて、
日没前に姿を消した。
どれほど丈夫な手織りの服も、
まったくは防ぎ得ない冷気、
厳しく、重く身を刺す寒さが、
こわばった顔の血管を行き巡る

生ける血流の循環を半ばでとどめ、
吹雪の到来を告げた。
風が東から吹き、大西洋の波が
冬の岸に打ちつける轟きが聞こえ、
そこに脈打つ強い鼓動が低いリズムを伴って、
わたしたちの住む内陸の空気を打つのを感じた。

その間にも、わたしたちは夜の雑用を果たした——。
外から薪を運び込み、
畜舎に寝わらを敷き、干し草の山から、
牛たちのためのまぐさを引き降ろした。
馬はトウモロコシ欲しさにいななき、
牛たちは、角と角とを突き合わせ、
仕切り棒の列の下でいらいらして、
くるみの木のくびきを揺さぶる。
かたや、雄鶏は、カバノキのやぐらの上の、

若枝の止まり木からじっと見つめて、
とさかの兜を下に向け、
挑みかかる気持ちを伝えた。

いかなる夕日にも暖められることのない
灰色の一日は、やがて暗い夜となった。
あらしは群をなし、くるくる踊り、人の目を塞ぎ、
吹雪となって、その夜を灰白色の一夜と化す。
翼をつけた雪はあちこちと十字を切り、
また十字に横切り、ジグザグに行ったり来たりした。
やがて、早い就寝時間の前に
窓わくに白い吹き溜まりをつくり、
窓越しに、物干しの柱は、背の高い経帷子《きょうかたびら》(9)の
幽霊のごとくに、中を覗きこんだ。
こうして、一晩中、吹雪は哮《たけ》り続けた。

夜が明けたが、太陽はどこにも見えず、
「自然」の幾何学模様の
線を施された小球体の姿で、
また星形の薄い膜の姿で、
終日《ひねもす》灰白色の流星が降った。
そして、二日目の朝が輝いた時、
わたしたちは、未知の世界に目を凝らした。
そこに、わたしたちの言葉で表せるものは、何もなかった。
きらめく不思議な世界のまわりに
大空の青い壁がたわみ
上には雲もなく、下には地もなく――
空と雪だけの世界！
慣れ親しんだ景色は、驚くべき姿となった。
風変わりな丸天井と塔が、
豚小屋やトウモロコシの納屋、
庭の塀や木立の並びのあった所に聳《そび》え立つ。

刈られた下生えの山は、滑らかな白い小山のように見え、
もと道だった所は、囲いのない吹き溜まりとなった。
馬を繋ぐ杭には、ひとりの老人が、
コートを羽織り、背の高い縁反帽《ふちぞりぼう》をかぶって跨《またが》っていた。(10)
また、井戸には、中国風の屋根(11)がついていた。
そして、長いはねつるべさえ高々と、
見事に傾いて止まり、
ピサの斜塔の奇跡を物語るかに見えた。

決断が早く、無駄なおしゃべりをしない父は
言った。「お前たち、道を作れ。」
大喜びで、（この掛け声に
農家の男の子が喜びを感じないことがあるだろうか）
わたしたちは半長靴をはいた。
首と耳を雪から守るために、
手にはミトンをはめ、帽子を深くかぶり、

硬く白い雪を切って進んだ。
そして、吹き溜まりの一番深い所に、
まばゆい水晶のような壁と天井で覆われた、
トンネルを掘った。わたしたちはアラジンの、
他にはない不思議な洞窟[12]の話を読んでいた。
その名にちなんで、このトンネルに彼の名を付けた。
幸運が訪れるようにとの多くの願いを込めて、
彼のランプの不思議な力を試そうと。
わたしたちがにぎやかな音をたてて納屋に着くと、
中に閉じ込められた家畜たちは目を覚ました。
年老いた馬は、長い顔を突き出し、
驚いて、まじめな面持《おもも》ちであたりを見回した。
雄鶏は元気よく挨拶し、
雑多な雌の群れの先頭に立って歩いた。
雄牛たちは尾を激しく振り、角で突き、
穏やかに空腹を訴える表情を見せた。

角ある雄羊たちの族長は、
エジプトの神アモン[13]のごとくに目を覚まし、
黙って賢者の首を振り、
足を踏みならして、その存在を示した。

終日、北から吹く突風が、
緩《ゆる》みゆく吹き溜まりの前をかすめた。
太陽は南の空を低く巡り、
まばゆい雪もやの中から輝いた。
荒涼とした空に、教会の鐘が
キリスト教の音色を添えることも、人家の暖かい煙が、
雪かぶるオークの森の上に立ち上《のぼ》ることもなかった。
孤独感は深まるばかり。天然から
聞こえ来る寂しい声々に――。
非情なる風の金切り声。
揺れるにまかせた大枝の呻き声。

そして亡霊がガラス窓に、無情にも
指先で叩きつけるみぞれの音。
わたしたちの炉辺の輪を出ては
労苦と歓喜の楽しいざわめきも
これらの呪縛を解くことはなく、
外の人々の生活と思いを証しすることもなかった。
耳をそばだてても、雪に埋もれた
小川のせせらぎは聞こえなかった。
その水の唇から流れ出る楽の音《ね》は
かつては、わたしたちに親しかったもの。
孤独な生活にあっては、ほぼ人の声の
音色を帯びるまでになっていたもの。

夜が近づき、西側に隆起した
樹木の茂る丘のてっぺんに、
太陽が、雪に吹きやられた旅人のごとくに沈み、

煙に燻《くすぶ》る斜面の下に消えると、
わたしたちは、注意深く、夜のための薪を
暖炉の奥に積んだ――。
青々として、大きく太い、オークの丸太を置き、
その上に、がっしりした、おき用の丸太を載せ、
手前にくべる、節のある薪は離して置き、
その隙間を、実に手際よく、
がさがさした下生えの枝で埋めた。そして、暖炉のそばを歩きつつ、
最初の赤い炎が現れるのを見つめ、
ぱちぱちという鋭い音を聞き、漆喰《しっくい》塗《ぬ》りの壁と
たわんだ梁を照らす輝きを見た。
ついに、古ぼけた、粗末な家具の部屋が、
ぱっと花咲くように、バラ色に輝いた。
一方、映された炎に照らされて、
外は輝く吹き溜まりとなった。
そして、枝の葉の落ちたライラックの木の間を、

わたしたちの暖かな暖炉の火は、自由に燃え立っているかに見えた。
ぶら下げられた鍋用の自在鉤《かぎ》がくっきり見え、
薪《まき》載《の》せ台のターバン型の鉄の結び目が、熱で赤くなった。
即座に、子どもっぽい空想力が
この奇跡の意味を語ろうとして、
昔の詩《うた》をささやいた。「木陰で
焚火が陽気に燃える時、
それは、魔女たちがお茶を飲んでいるのだ。」

月は東の森の上に
輝きわたり、山並は銀色の洪水の中で、
姿を変えて聳《そび》えていた。
そこに吹きつけられた雪は、冷たく、鋭く輝き、
切り立った峡谷で陰となっている所、
またはツガ[14]のくすんだ緑色が、
その背の白色に対し、ピッチの黒色に

変わって見える所を除いて、真っ白であった。
こんな世界、こんな夜には、
暖かさのない光が最もふさわしい。
ただ、その降り注ぐ所はどこも、
冷気が目に見えるかのよう。

外のすべての世界から閉ざされて、
わたしたちは、小綺麗《こぎれい》な翼状の炉辺にすわり
心満ち足りて、北風が怒り狂い、
窓枠や戸に向かってほえ哮《たけ》るにまかせた。
その間、目の前の赤く熱した薪は、
熱帯の熱さで、冷気[15]を撃退した。
そして、突風が大きな音をたてて通り過ぎ、
梁と垂木を揺らすたびに、
煙突の大きな口は、ますます陽気に、
風を轟々《ごうごう》と吹き上げて笑った。

飼犬は、眠そうな頭を火に向けて、
ゆったりと伸ばした前足に載せ、
壁に映る猫の黒いシルエットは、
腹ばいの虎[16]の影が映っているかのよう。
そして、冬の炉辺の集いのために、
薪《まき》載《の》せ台の大きく開いた足の間では、
ジョッキに入ったアップルサイダー[17]がゆっくりぐつぐつ煮え、
一列に並んだりんごは、ぱちぱちと音をたて、
すぐそばには、十月の褐色の森で採った
木の実の入ったかごがあった。

夜がどう振舞おうが、それが何だろう。
北風がどんなに荒れ狂おうが、それが何だろう。
高い所を打とうが、低い所を打とうが、すべての雪をもってしても、
わたしたちの暖炉の火の赤い輝きを消すことはできまい。
おお、「時」と「変化」よ！——わたしたちの髪は、

あの冬の日の父と同じく白髪混じりとなり、
多くの生命《いのち》と愛が過ぎ去った今もなお、
生き存《ながら》えているとは何と不思議なことか！
ああ、弟よ！　わたしとあなただけが、
今や、あのすべての人々の輪から取り残された——。
あの途切れがちな炉辺の光が、ちかちかと
顔を照らした、愛する家庭の人々から。
これからは、わたしたちが耳を澄ましても、
あの炉辺の声は、静まりかえっている。
広い地球を捜せるだけ捜しても、
もはや、あの人々の照らされた顔が微笑むことはない。
わたしたちは、彼らの足で踏みならされた小道を歩き、
　彼らの果樹園の木の下にすわり、
　彼らと同じく、蜂のぶんぶんいう音と、
とうもろこしの葉のさらさらいう音を聞く。
わたしたちは、彼らの読んだ本のページをめくり、

彼らの書いた言葉に読み耽る。
しかし、日の光の中に彼らの影はなく、
その声は聞こえず、気配もなく、
　床にはかすかな足音もしない。
それでも、「愛」は夢み、「信仰」は信じるであろう。
（わたしたちに必要なものをご存じの神は、正しいお方だから。）
いかにしてか、どこかで、きっと会えると。
ああ、イトスギ[18]の間から星が輝くのを
見ることのできない人の哀れさよ！
彼は、絶望のうちに死者を葬り、
夜明けの光が、悲しき墓石の向こうに
戯れるのを見ようともしない！
彼は、信仰の学びの時に、
　肉体と感覚には知られざる真理に、目を開かれていない。
「生」は常に「死」の主人であり、
「愛」はその愛する者を決して失いはしない、という真理に！

わたしたちは昔の物語を語って時を過ごし、
パズルを解き、なぞなぞを出した。
また、学校の教科書に載っている
「ガンビアの黄金海岸の酋長」[19]をとつとつと読んだ。
それ以来、国中が「奴隷制」の剛腕で捏《こ》ね上げられる
泥中にあった時、なんとしばしば次の言葉が、
遠くで吹くらっぱの音が罪に澱《よど》んだ気だるい空気を震わすごとく、
わたしの耳に響いたことか——
「理性の声が叫ばないのか。
　自然が賜うた最初の権利を求めさせないのか。
束縛の赤い〔血の〕鞭を逃げることも、
　重荷を背負う奴隷の生を捨てさせることもしないのか！」
父は、再び馬に乗って、
鬱蒼《うっそう》と木の茂ったメンフリメーゴグ湖[20]の岸を行き、
ヘラジカ狩りとひきトウモロコシ粥の生活をするために、

猟師の小屋とインディアンの野営地に滞在し、
サン・フランソワ湖[21]沿いのツガの木の下で、
昔の牧歌的な気楽さの中に生きた[22]。
再び、月の光が、彼の
ノルマン風の帽子と胴着を照らした。
また、彼は、バイオリンが奏でる音を聞いた。
その音色は、村全体を踊りに誘い込み、
その楽しい旋回に
老女と笑顔の少女を巻き込んだ。
あるいは、父は、もっと家の近くへとわたしたちの足を導いた。
そこは、ソールズベリー[23]の平らな湿地が一マイルも広がり、
　花粉を運ぶミツバチが飛び回る所で、
陽気で力持ちの草刈り人たちが、
海辺の低い緑の大草原で、
　刈り跡をつけながら、大鎌をせっせと動かした。
わたしたちは、ボーズ・ヘッド[24]沖で一緒に漁をし、

岩の多いショールズ諸島[25]では、
　流木を焚いてメルルーサ[26]を食べた。
また、砂浜ではチャウダー[27]を作り、
お腹を空かせた連中が、熱々のところを、
ハマグリの殻のスプーンで鍋からすくった。
わたしたちは、昔の魔法、
夢、しるし、驚異の物語が、
塩気のある干し草の上にゆったりとからだを伸ばして
横たわり、うつらうつらしている聞き手に語られるのを聞いた。
彼らは、曲りくねった岸に沿って漂い、
恵みのそよ風が、ありがたいことに、
ガンダロー船[28]の四角い帆に吹きつけ、
役立たぬ櫂《かい》は、そのまま放っておかれた。

母は、紡ぎ車を回したり、
新しいストッキングのかかとを素早く縫ったりしながら、

インディアンの群れが、真夜中に
コチェコの町[29]にやって来た時のことと、
彼女の大おじが、惨たらしい傷跡を八十歳になるまでも
頭に残していたことを、上手に話してくれた。
彼女は、幼い日々のことを、
　とても表現豊かで、生き生きとして、自由な、
　彼女ならではの言葉によって髣髴《ほうふつ》とさせ、
（それは、素朴な生活と田舎の流儀をうたうのに、
よく用いられる無韻詩[30]であった）
わたしたちを生家へと歓迎してくれた。
古い炉辺は、わたしたちが入れるように広くなった。
わたしたちは、彼女とともに、びくびくしつつ、
老齢の魔術師の魔術の本を盗み見した。
その本のことは、純朴な田舎の至るところに、
遠く広く知れ渡っていた。
わたしたちは、黄昏時にタカが戯れる鳴き声を、

ピスカタクア川[31]の船の霧笛を、
はるかかなたの、狂人の不気味な笑い声を聞いた。
わたしたちは母が子マスを釣った川で漁《すなど》り、
森や草原に、どんな花が咲くのか、
食べ頃の木の実を揺すり落とそうとして母が登った斜面、
秋に色づく、日の当たる所を、よく知っていた。
また、安全な入り江や湾に、
カモたちの黒い戦隊が停泊して、待機しているのを見、
野生のガンが灰色の十一月の雲の下で、
大きな声で鳴いているのを聞いた。

その時、母は期せずして、まじめな面持《おもも》ちになり、
抑えた口調で、どのクェーカーの家庭でも愛されている、
痛ましい内容の、シューエルの古びた大きな本[32]から、
殉教によって火の翼を得た
信仰について語った。

また、古く趣のあるチョークリーの航海記[33]を取り上げて、
世の船長の中で最も心優しく、稀にみるこの海の聖人について語った。
憂鬱《ゆううつ》な凪が続き、
飲み水とパンは底をつき、
飢えた残虐な目が食べ物を求めて、
彼の威厳のある風貌につきまとい、
生き残る者と死ぬ者とをくじで決めようと、
邪悪な思いを抱いて、密かに呟《つぶや》いた時、
彼は、もし神が食料を賜わらないならば、
自分が犠牲になると申し出た。
すると、突然、あたかもこの善人〔船長〕を
生きながらの墓場より救い出さんとするかのように、
水面のさざ波が大きくなり、
ネズミイルカの群れが、ぱっと視界に入って来た。
船長は言った。「取って食べよ。[34] そして、満ち足りよ。
これらの魚は、アブラハムの子の命を助けるために、

雄羊の角を茂みにからませて、その雄羊を与え賜わったかの神[35]が、
わたしの代わりに送ってくださったのだ。」

わたしたちのおじは、本については無知だが、
野や小川、すなわち「自然」の屋根のない講堂の、
決して口をつぐむことのない古来の教師たちの、
言い伝えを沢山知っていた。
賢き月の満ち欠けや、潮の干満や、天候の中に、
彼は予言の雲を読み取り、
すべての木工の秘密を解く
刻み目の精巧な鍵を持ち、
多くの神秘的な暗示としるしによって
天候の良し悪しをよく占うことができた。
彼自身、「自然」の心に、ごく近くあったので、
獣や鳥を通して聞こえる彼女〔自然〕の声は、
はっきりとした意味を持っていた。

スズメの語る話がわかった
昔のアポロニオス[36]や、
ナイルの賢いツルの言ったことを
通訳したヘルメス[37]のように。
彼は、生まれ故郷に暮らすことで満足していた。
純真で誠実な、子どものような人でありながら、
生まれ育った地元では力があり、
彼が目にし、また耳にする小さな世界、
教区[38]を境目とするその世界を、
愛情のゆえにひいき目に思う、誇りによって、
ごく普通のことがらまでも、大げさに語った。
ホワイト[39]が愛したセルボーンの景色、
サリー州[40]の丘陵まで、まるで山岳にでもなったかのように——。
彼は、どうやってコガモやアビ[41]を撃ったか、
どのようにして、ワシの卵を手に入れたかについて、
池や川で成し遂げられた偉業について、

釣竿と銃の驚異について、話してくれた。
そのうちに、彼の話に心躍り、
外の寒さは忘れられ、
冷たい風が吹いていても気にはならず、
熟れたトウモロコシからは、ハトたちが飛び立ち、
エリマキライチョウ[42]は森で羽を鳴らし、ミンクは、
川べりを下って漁に向かった。
豆やクローバーが華やかに咲く野では、
ウッドチャック[43]が年老いた隠遁者のように、
　庵の入口から目を凝らして外を見た。
マスクラット[44]は、石工の仕事に精を出し、
一層二層と泥の壁を敷いていった。
また、頭上のヒッコリーの木からは、
　灰色のリスが、木の実の殻を落とした。
次は大好きなおばで、わたしは今も彼女の快活な

微笑みと声を夢に見、また聞くように思われる――。
つむじ曲がりの「運命」が伴侶を
与えなかった比類なき美婦人。
孤独で、家を持たなかったにもかかわらず、
無私の愛の中に平安を見出し、
行く先々で歓迎され、
穏やかで優しい性格ゆえに、
彼女がいると、そこに喜ばしい家庭と、
それが醸す女性的な雰囲気が感じられた――。
おばは、トウモロコシの皮むきと干しリンゴ作り、
そり遊びと夏の舟遊びなど、
少女時代のことを思い出しては、
さ細な出来事すべてを
手織りのタテ糸として用い、
ロマンスの最上等の生地に仕立てた。
それというのは、彼女は、乙女の優しい

気持ちと純朴な信仰を、よく保っていたからである。
彼女の前には、いつも理想郷が横たわり、
その行く手には蜃気楼が現れた。
他の人々には、すぐ乾く朝露も、
彼女には、正午までも輝いていた。
長年の労苦と農耕と気遣いの生活の中で、
艶《つや》やかで豊かな髪が薄く、白髪混じりとなり、
彼女はまったく世俗から離れ、
胸のうちに乙女らしい憧れを持ち続けた。
このような人に対して軽蔑の念しか持てない
男など、女から生まれたとはいえ、恥ずべきである。

また、物置き台の脇では、わたしたちの姉が、
宵の仕事に精を出していた。
彼女は、全き、豊かな性格の持ち主で、信頼があり、
誠実で、その公正さは厳格とも言い得るものであった。

また、衝動的かつ熱心で、すぐ行動に移し、
その寛容な思いを実現した。
秘めたる自己犠牲を、
多くの明るい装いによって覆い隠しつつ。
ああ、ひどく試みられた人よ！　あなたには天国が
与えることができる最善のもの――安息がある。
すなわち、あらゆる悲痛な思いや物事から解き放たれての、安息が。
　どれほど多くの貧しい人々の祝福が、
　幕が外にたなびくことのない、
背の低い緑色のテント[45]の下《もと》で、あなたに伴ったことか！

自らを、見たものすべての
一部となし、心を
　家族の懐にもたせかける人のように、
まだら模様に編んだマットの上に
一番下の、最愛の妹がすわっていた。

大きな、かわいらしい、もの問いたげな目を上げて。
　彼女も今は、色あせることのない緑(46)と
天国の聖《きよ》き平和に包まれてある。
ああ、どこか御国《みくに》の丘の上から、
　それとも、聖なるシュロの木陰から、
　それとも、静かな川の銀色の流れから、
あの大きな瞳は、今もわたしを見つめているだろうか。
ほんの一年前には、まだわたしと一緒にいたのに——。
冬の雪が、冷たく、重く、
　何か月も、彼女の墓の上に残っていた。
そして今、夏の南風が吹き、
　イバラとイトシャジン(47)が再び花咲く時、
わたしは、わたしたちが楽しく歩いた小道を歩き、
彼女がからだを横たえた、あちこちにスミレが咲く
地面を見る。とても虚弱なからだであるのに、
山腹に咲く花をさがすのが大好きで、

さらに、わたしの行く所どこへでも、
黒い瞳を愛一杯に輝かせて、ついてきた。
鳥たちは喜び、ヨーロッパノイバラ[48]は、空気を
かぐわしさで満たし、すべての丘は、
その緑を、六月の晴れ渡った空に伸ばす。
しかし、なおわたしは、耳をそば立て、目を凝らして、
過ぎ去ったが、それでも近くあるに違いないものを待つ。
慣れ親しんだもの、咲いた花、歌を奏でる鳥の中に、
失われたひとつのものを。
それでも、愛する妹よ！　あなたを思い出すことで、
　わたしは以前よりも豊かになったのではないだろうか。
あなたの不滅の中に守られてあれば、
　いかなる変化がわたしの持つ富に手を出そう。
　いかなる運命が損なうことができよう、
あなたの愛がわたしとの信頼の証しとして残した真珠と黄金を。
そして、人生の午後遅き時、

物影が冷え、長くなる所、
夜は間もなく現われ、闇で覆う。ここで
　わたしは夜に出会うことになろうが、
あなたが遠くにいたもうとは思えない。
なぜならば、天使たちが近くに控えているから。
そして、日没の門の横木が外される時、
　あなたが立ちて待ち、
あなたの手が宵の明星に照らされて白く、
　わたしを差し招くのを見ないであろうか。

鞭[49]と規則とをきびきびと使いこなす、
地区の小学校の先生が、
暖炉のそばのお気に入りの場所にすわっていた。
炎の暖かな輝きが、色白で血色のよい
笑い顔を照らしたが、それは、
ひげ面《づら》の偽予言者の顔などではなかった。

彼はミトンで目隠しされた猫をからかい、
おじの帽子の上でクロスピン[50]を遊び、
歌をうたい、名だたるダートマス大学[51]の講堂で
起こることを、わたしたちに話してくれた。
彼は荒涼たる北部丘陵地帯に生まれたが、
ヨーマン[52]の父は勤勉な労苦に励み、
乏しい生計を立てた。
裕福ではなく、と言って欠乏することもなく、
彼は、その快活で、独立独行のやり方で、
若くして生活の資を稼ぐ力を得た。
彼は、町から町へと商品を売り歩くために、
気軽に学者のガウンを脱ぐことができた。
また、長い休暇の間中、
寂しい低地の学区で教鞭をとった。彼は
泊まり歩く下宿屋で、見知らぬ人々と暖炉を囲みつつ
滑稽な経験を数多《あまた》重ねた。

月明かりの下《もと》で滑る、スケーターの胸躍る思い。
凍《い》てつく夜を走り明かす、そりのドライブ。
「めくら鬼」[53]と「皿回し」[54]をしては、
負けた人が罰金を払う、
野卑な田舎のパーティー。
気晴らしが、彼の冬の仕事となった。
楽しきは雪に閉ざされた家々。そこでは
彼が陽気なバイオリンを奏で、
納屋で運動選手ごっこをし、
お婆さんの糸紡ぎを手伝いながら、
稀にしか聞けない昔の古典的伝説の中から、
歓びを誘う物語を語ったりした。
これらの話では、ギリシアとローマの風景の中で、
家庭での日常の出来事が起こり、
ヤンキーの行商人と古《いにしえ》の神々との間には、
これといって何の違いもないように思われた。

そこでは、ピンドス山[55]に生まれたアラクソス川[56]が
粉ひき場の小川の装いをして流れ、
恐怖すべきオリンポスの山[57]が、先生の語りをうけて、
ハックルベリー[58]の丘となった。

彼はその晩は何の苦労も知らない少年のように見えた。
　しかし、いったん机に向かうとなると、
賢明な計画を背景に、鍛えられた思考と
　書籍からの知識によって、未来をただす[59]だけの
　力を擁する人物の容貌と雰囲気をたたえていた。
大きな頭と澄んだ目を持ち、彼のような人こそ、
若き「自由」の使徒たちのひとりとなる、と思われた。
彼らは、「戦争」の血生臭い小道をたどって、
居残るすべての悪に攻撃をしかけるであろう。
手足と精神から、すべての鎖を叩き落とし、
黒人と白人との地位を等しく、高く引き上げるであろう。

彼らは素早く前進しつつ、追い散らすであろう、
闇と無知を。また、
傲慢と肉欲と汚らわしき怠惰を。
それらこそが「反逆罪」の残忍なる養育を促し、
虐殺を娯楽と化し、刑務所での拷問による
地獄を出現させたのだ。
また、彼らは無慈悲な階級制の偽りを論駁し、
古き形を鋳直し、「奴隷制」の鞭に代えるに
自由人の意志をもってし、
盲目の日課に代えるに、賢い手の技術をもってするであろう。
また、すべての丘に小学校の校舎を建て、
そこから、放射状に広がる神経線維のように、
迅速なる情報網を張り巡らすであろう。
そしてついには、一緒になった北部と南部が、
胸ときめく同じ思いを抱き、
仲よく、同じ国旗に敬礼するであろう。

そして、共に労働の自由と
憎しみのない競争心を抱いて、
戦った戦場で良き収穫に恵まれることであろう。

その冬の晩、もうひとりの客[60]が、
輝く目から光を投げかけた。
老けてはいないが、かといって若くもない
彼女の口から出る、美しい調べと
柔和な言葉は、その情熱的で大胆な気質を
ほとんど明かすことはなかった。
強く、自己本位で、他を容れぬ気質の先達でありながら、
その温和な容貌により、彼女の不屈の意志の
威厳ある誇りは、目立つことがなかった。
彼女はわたしたちの中にすわり、良く言っても、
やや恐れられ、あまりうれしくない客であり、
洗練された言い回しで、

わたしたちの言葉や振舞の野暮ったさを非難した。
ある種の、油断ならぬ、豹のようなしとやかさで、
　しなやかに手足を動かし、下目使いをし、
白い歯の閃《ひらめ》きは、眩《まばゆ》いばかりであった。
そして、夜の闇のように黒く、低い眉の下から、
　時おり、けんのんな光が放たれた。
また、彼女の顔の鋭い稲妻は、
「運命」が彼女の愛または憎しみに与《あずか》るように定めた者に、
嫌な予感を与えた。
彼女は、思想と行為、および精神と感覚において、
激しい性格の情熱的な女性で、
がみがみ女と敬虔な信者の性格を
同じくらいに合わせ持ち、
その時々の気まぐれや見せかけで、
　ペトルーキオのケイト[61]の癇癪や
シエナの聖人[62]の恍惚を表した。

彼女の先細な手と丸い手首は、
さっと、握り拳を作る力を秘めており、
その目の温かで、暗い、感傷的な表情は、
激怒の不意打ちに、しばしば襲われた。
気高く、落ち着いた眉と敬虔な唇は、
しかめっ面とふくれっ面に、如何様《いかよう》にも変化した。
そして、その美しい声は、社会的な鬨《とき》の声としては、
甲高く、鋭すぎる音色を持っていた。

その時以来、いかなる古い大聖堂の町が、
彼女の巡礼用の杖とガウンを懐かしんだことがあろう！[63]
また、いかなる修道院の門が、彼女のノックの挑戦に、
錠を外さなかったことがあろう！[64]
スミルナ[65]の、疫病で静まりかえった道[66]を通り、
海に浮かぶマルタ島[67]の岩の階段と、
エルサレム[68]の汝の墓と廟をとり囲む

灰色のオリーブ畑の丘を登り、
あるいは、砂漠の玉座にすわる
熱狂的な「レバノンの女王」[69]を、
女王自身と同じ突飛な主張で驚かせ、
彼女の疲れを知らぬ足は、おのが歩み行く道を進んだ。
そして、今なお、心休まることなく、腰は曲り、髪は白く、
彼女は中東の空の下で、目を見張らせている。

　主キリストご自身の、速やかなる来臨の
希望を日々新たに、新鮮に胸に抱き、
自らも夢み、人にも告げ知らせつつ！

彼女の困難なる道がどこに通じていようとも、
　主キリストの優しき憐れみが伴わんことを！
わたしたちは、彼女の理不尽なる生涯は見えても、
　そこに隠された泉[70]を知らないかもしれない。
また、わたしたちには、悟ることができない。

運命の姉妹たちが[71]、どんな糸を紡いだか。
この女性の誕生によって、どれほどの長い年月、
その先祖を、悲しみが覆ったか。
何が、彼女のひどい不機嫌の連鎖を作り出したのか。
何が、彼女の足を人里離れた所に置き、
　彼女の愛を沈黙の中に閉じ込めたのか。
何が、その血に狂気と、
　終生の不和と困惑とを混ぜ合わせ、
　涙の水を喜びの油と一緒にしたのか。
また、何が、たたまれた蕾の中に、
　花と果実のひねくれた行為を隠したのか[72]。
意志と運命の
　からまったもつれを解くこと、
魂の領土権争いの地に、
引かれるべき境界線を示すこと、
すべての出来事を、意志の自由と摂理とに分けることは、

わたしたちの務めではない。
しかし、わたしたちの造られしさま(73)をご存じの神は義にいまし、
慈しみ深く、情け深く、
喜ばしき約束と希望に満ちておられる。
神は、御言葉《みことば》が証しするごとく、
わたしたちが塵(74)にすぎぬことを覚えてい給う。

ついに、大きな薪が、静かな音をたてて崩れ、
その放つ輝きは、しだいに弱まり、
見える所に下げてある、円形の厚いガラスの掛け時計は、
疲れた様子で、カチカチと、終始一定に時を刻んできたが、
黙って注意を促すかのように、
その黒い針で九時を指した。
その合図は、楽しい団欒《だんらん》を中断させた。
おじはパイプを燻《くゆ》らすのをやめ、
その火皿から灰色のかすを叩き落とし、

パイプをそっとしまった。
そして、元気よく立ち上がり、くすんだ赤の燃えさしを、
一面、灰で安全に覆った。
また、母は、注意深く手仕事の道具をしまう間、
一瞬足を止めた。
食べ物と住居、暖かさと健康、
富に勝る愛の満足への、
感謝に溢れた幸福感を
表そうと努めつつ。
また、（その成就を求めることのない、
弱く空しい祈りではなく、
せっかちに、神に御業《みわざ》の遂行を求める、
温かな、気前のよい心で）
その寒さ厳しき夜に、誰一人、パンと衣服、暖かさと明かりに
欠くことなきようにと、純真に願いつつ。

わたしたちは、暫くの間、床の中にあって、轟々《ごうごう》と
家の切妻の辺《あた》りで唸《うな》る、風の音を聞いた。
風は時折、荒々しく吹きつけ、
ベッドの台まで揺り動かした。
わたしたちは、緩《ゆる》んだ下見板(75)が揺さぶられ、
板の釘が凍って折れるのを聞き、
漆喰《しっくい》の塗っていない壁を通して、
軽い、篩《ふる》われたような雪が、降りかかるのを感じた。
しかし、眠りが忍び寄った。
心晴れやかで、人生が始まったばかりの時(76)のように。
風の呟《つぶや》きは、弱く、さらに弱くなり、
夢の中の常夏の国で、
静まって小川のせせらぎとなり、
かすかに揺れる葉の音に、櫂《かい》で水をかく音に、
ひっそりした浜辺に静かに打ち寄せる、波の音になった。

翌朝、わたしたちは、甲高い、はっきりとした、
陽気な叫び声に目を覚ました。
そして、御者たちが、通りに吹き溜まった雪をかき出そうと、
近づいて来るのが見えた。
また、半ば雪に埋もれた雄牛たちが、
長い丘の斜面を、ゆっくりと下って行くのが見えた。
頭から雪を振り払いつつ、
張りつめた鼻の穴を、霜で白くして。
戸口の前に、グループから離れた一行が
止まった。加勢の一組が追いついたのだ。
年長者は、冷たくなった手を叩きながら
　通り過ぎた。アップルサイダーのジョッキを持ち、口々に
冗談をとばしながら。子どもたちは、
柔らかな雪の土手の下で相撲をとって転げまわり、
それから再び、一行は雪の中を苦心して進んだ。
　風の強い丘を越え、行く手を妨げる渓谷や、

冬服[77]の重みで低く垂れ下がった松の枝の間の、
曲がりくねった森の道を通って。
どの納屋からも、雪かき隊が徒歩でやって来て、
どの家にも、新参者の働き人がいた。
注意深い若者たちは、そこで見たことであろう。
「自然」の妙《たえ》なる法則が描く絵図——
玄関先で見せる陽気な少女たちの美しい
渦巻き模様と、好奇心一杯の眼差しとを。
彼女たちは、雪玉の挨拶に、
それを防ぐまねをして手を上げ、
投げられる飛び道具のひとつひとつに、
失われることのないエデンの魅力[78]を読み取っていた。

わたしたちは、再び、そりの鈴の音を聞いた。
　そして、御者たちの進み行く後を、
賢い老医師が家々を巡回し、

わたしたちの家の玄関前でちょっと止まった。
彼は、「義務」の命令に即座に応じ、
その要求をだれにでも課すことを躊躇しない人特有の、
簡潔かつ専制的な口調で言った。
　病に臥《ふ》している近所の貧しい方が、
夜、お母さんのお手伝いを必要としています、と。
なぜなら、寛大な思想と行為として表れるならば、
　苦しむ者の目には、クェーカー婦人の内なる光[79]であろうと、
医師が信ずるカルヴァンの信条による鎧《よろい》[80]であろうと、
何の問題があろうか。
すべての心は告白する。聖徒たちは
　信仰にあっては分かれていても、愛にてはひとつ、
厳しい教派の中に溶けることなどなく、
　キリストの愛の真珠[81]そのものなのだ！と。
こうして日が経ち、最後にすばらしい世界の

便りがあってから、一週間が過ぎた。
わたしたちは「暦」を丹念に調べ、
二十冊そこそこのわずかな蔵書から、本や小冊子を、
一度、二度と読み返した。
禁じられた本として、一般には幼い子の目から
隠されていた、一冊の無害の小説を読んだ。
また、詩を読んだ（良いものかどうかは別として、
それがわたしたちの持つ唯一の詩集であった）。
そこでは、異教の九人の女神[82]とは縁のない、
　エルウッド[83]のおとなしい、トビ色のスカートのムーサ[84]が、
　やや鼻にかかった哀れっぽい声で、
ダビデとユダヤ人の戦争についてうたっていた[85]。
ついに、進みあぐねていた郵便配達人が、
村の新聞を玄関に配達に来た。
見よ！　それを読むと外の世界に心が開け、
温かい地帯へと地平線が広がった。

わたしたちは、開かれた前景の中に、
その世界が語る驚異を見た。
わたしたちの前を、彩色豊かなクリーク族[86]が通り過ぎ、
　コスタリカ[87]の沼地で、
　気違いじみたマグレガー[88]が急襲をかけるのを見た。
また、イプシランディス[89]の率いるマニ地方のギリシア人たち[90]が、
タイゲトス[91]の曲りくねった道を、馬でゆっくりと登るのが見えた。
鞍の前と後ろにトルコ人の首を下げて！[92]
わたしたちは、一週間前の新聞のニュースを歓迎した。
田舎の詩のコーナー。
　月間の雨と雪の量の記録。
結婚の鐘と死者を弔う歌とを
一気に混ぜこぜにした記事[93]。
冗談と逸話と失恋話。
つい最近投獄された犯罪人のこと。
盗難と紛失についての大騒ぎ。

競売と元値の情報。
　そして、儲けのための取引への声高々な誘い。
わたしたちは、玄関と通りにざわめきを感じ、
辺《あた》りで脈打つ生命《いのち》の躍動が聞こえた。
抑え込むような雪の冷たさが、
暖かな輝きの中で溶けた。
凍りついていた戸が、再び広々と開け放たれ、
全世界が、またわたしたちのものとなった！

後ろを振り返り、
　青みを帯びた灰色の翼を閉じ、
　遠くにその声がこだまする天使よ。
汝の本の、真ちゅうのカバーの留金をかけよ。
それは、古く、巨大で、不気味なパリンプセスト(94)で、
汝はそこに、おぼろ気な過去を隠している。
そこでは、喜びと悲嘆の文字が、

密に混じり合いつつ、薄らいだり、輝いたりする。
長い人生の月日についての詳しい記述があり、
微笑みで明るく照らされたり、涙で曇ったりする。
　緑なす生命《いのち》の丘は死に向かって下り、
家族の親しき集いの場では、家の並木は、
徐々にもの悲しいイトスギに変わり、
　その下に、白い不凋花《ふちょうか》(95)が咲いている。
見ている間にも、わたしは、
　砂が休みなく、絶えず落ちて行き、
迫り来る時が、それぞれに厳しい要求を掲げて
やかましく、次々と訪れ、
　義務が、それらすべてに遅れずついていくのに、心を奪われる。
重い表紙を閉じ、留金をかけよ。
再び、命ずる声が聞こえる。
夢みる人よ、夢半ばで目覚め、
より大きな希望と厳粛なる畏《おそ》れを抱けよ、と。

なぜなら、人生は、この晩年に大きく広がり、
世紀のアロエ(96)は、今日花開くのだから！と。

しかし、おそらく、人生のなぎの時、
戦いを中断させる「神の休戦」(97)の時に、
この俗人(98)の目にも、涙がたまるであろう。
　町の通りの人混みの中で、
少年時代に経験した冬の喜びを夢みつつ。
そして、昔の親しい友人たち――存命の
わずかな人々――が、これらの古きフランドルの絵(99)を
　見るために立ち止まるであろう。
彼らは、わが家の炉辺にわたしと共に腰をかけ、
薪の炎で暖めるために、
　記憶の両手を前へと伸ばすであろう！
そして、たどることのできない、知らざる人の唇に上《のぼ》る感謝が、
見えざる、刈りたての牧草地から、

あるいは、森に囲まれ、道端からは見えない、
池に浮かぶスイレンから、
風に運ばれて来る香気のように、わたしに挨拶するであろう。
この旅人[100]は、近くに漂うよき香りに感謝の思いを抱き、
いずこより来るかは知らずとも、
立ち止まって帽子を脱ぎ、
天からの祝福を受けとめる。

訳注

（1）レディー・ヘスター・ルーシー・スタナップ（一七七六―一八三九）。英国の旅行家。政治家ウィリアム・ピット（小ピット、一七五九―一八〇六）の秘書を務めた後、中東に渡り、レバノンに定住した。
（2）今日では、通常「アメリカ（北米）先住民」と呼ばれる。
（3）コチェコ川は、ニューハンプシャー州ドーヴァーを通って流れる川。ピスカタクア川と合流し、ポーツマスのそばを通り、大西洋に注ぐ。
（4）アグリッパ・フォン・ネッテスハイム（一四八六―一五三五）。本名はハインリヒ・コルネリウス。ケルン生まれのドイツの人文主義者、神秘家。
（5）英国生まれの医師また農学者（一六一三―五四）。ライデンおよびパドヴァ（イタリア北東部の都市）の大学に学んだ。アメリカ滞在中、一六四六年に、マサチューセッツ州における信教上の抗議行動の中心人物となった。
（6）スコットランドの翻訳家、哲学者また占星術師（一二三五年またはその後没）。神聖ローマ皇帝フリードリヒ二世の宮廷占星術師また侍医であった。
（7）この二行は、スコットランドの詩人・小説家サー・ウォルター・スコット（一七七一―一八三二）の『最後の吟遊詩人の歌』（一八〇五年）の第一曲、第一一連、第四、五行を翻案したもの。
（8）ラルフ・ウォルドー・エマソン（一八〇三―八二）。アメリカの思想家・詩人。引用は、『詩集』（一八四七年）所収の「吹雪」の第一連。
（9）雪が降り積もった様子を、白い服に譬えたもの。ひとりの老人の姿に譬えたもの。
（10）馬を繫ぐ杭に雪が降り積もった様子を、ひとりの老人の姿に譬えたもの。
（11）井戸の上を一部覆った蓋に降り積もった雪が、中国家屋の屋根に似ていた、というもの。
（12）「アラジンと魔法のランプ」の中で語られる、魔法のランプが下げてある地下の宝物庫のこと。
（13）古代エジプトの都市テーベの神。雄羊として表現されることもある。
（14）マツ科ツガ属の高木。
（15）原語には「地下凍結線」（“frost-line”）という語が用いられている。これは、霜が地中に浸透する限度を表す科学的用語でもあるが、ここでは、室内の冷気を意味し、これが薪の熱によって、暖炉から遠くへと追いやられる様子が描かれている。
（16）頭をもたげて腹ばいになった獣の姿を表す、紋章学の用語。
（17）りんごを絞ったジュース。
（18）ヒノキ科イトスギ属の常緑樹。死の象徴として、しばしば墓地に植えられる。
（19）サラ・ウェントワース・モートン（一七五九―一八四六）の奴隷制反対の詩「アフリカの酋長」（一七九二年）からのもの。
（20）米国ヴァーモント州北部からカナダのケベック州南部にかけて、国境に位置する湖。
（21）カナダ、ケベック州の湖。
（22）父が話してくれた若い頃の冒険談を、生き生きと描写したもの。
（23）マサチューセッツ州北東部の町。

(24) ニューハンプシャー州ハンプトンの海岸。
(25) 米国メイン州沖合の諸島。
(26) タラに似た食用魚。
(27) ハマグリその他の魚介類に、野菜等を加えて煮込んだスープ。
(28) 河川で用いた平底の大型船。
(29) ニューハンプシャー州ドーヴァー近くの、コチェコ川沿いの町。
(30) 詩行の末尾で韻をふまない詩のこと。
(31) 訳注（3）を参照。
(32) オランダのクェーカー教徒の歴史家ウィリアム・シューエル（一六五三—一七二〇）著の『クエーカーと呼ばれたキリスト教徒の起源、増大、発展の歴史』（オランダ語版は一七一七年、英訳は一七二二年出版）のこと。
(33) 英国のクェーカー派の牧師で、貿易商また航海士でもあったトマス・チョークリー（一六七五—一七四一）著の『航海記』（初版は一七四九年）のこと。
(34) マタイによる福音書二六章二六節。「主の最後の晩餐」におけるイエスの言葉。
(35) 創世記二二章。
(36) テュアナのアポロニオス。紀元後一世紀頃の新ピュタゴラス派の、半ば伝説上の人物。
(37) 学問神ヘルメス・トリスメギストスのこと。ギリシア神話の伝令神ヘルメスとエジプト神トトが習合したもの。
(38) その地域のキリスト教会が管轄する地区のこと。

(39) 英国の聖職者、博物学者であるギルバート・ホワイト(一七二〇—九三)のこと。『セルボーンの博物誌』(一七八九年)の著者。セルボーンはイングランド、ハンプシャー州東部の村で、ホワイトの博物誌の舞台。
(40) イングランド南東部の州。
(41) 潜水が巧みな、魚食性の鳥。
(42) カナダおよび米国北部産のキジ類の鳥。オスは、尾羽を立ててドラミング(高速で羽ばたく行動)を行う。
(43) 北米産のリス科の動物。地中に穴を掘り、巣を作る。
(44) 北米産の水生げっ歯類。じゃ香性の匂いを持つ。
(45) 天国の憩いの場をテントに譬えたもの。緑色は、復活、永遠を意味する。
(46) 緑をもって天国を象徴したもの。
(47) キキョウ科ホタルブクロ属の植物。青紫色で鐘状の花をつける。
(48) ノバラの一種。ピンクまたは白色の花をつける。
(49) 生徒を罰するための、カバの枝の鞭。
(50) ゲームの名か。
(51) ニューハンプシャー州ハノーバーにある私立大学。一七六九年創立。
(52) もと、英国で中世末期に台頭した、独立農民。富豪と零細農民の中間に位置する独立富農層をさす言葉。ここでは、自作農または小地主のこと。
(53) 目隠しをした鬼が人を捕まえ、それが誰かを当てるゲーム。

（54）シロメ（すずと鉛の合金）製の皿を、縁のところで回し、どれだけ長く回るかを競う遊び。（ノートン版の注による。）
（55）ギリシア中西部に位置するピンドス山脈のこと。
（56）ピンドス山脈から南に流れる川。
（57）ギリシアの最高峰オリンポス山のこと。ギリシア神話の神々が住んだとされる。
（58）北米原産ツツジ科の低木。濃紺または黒色の実をつける。
（59）先のことについての確かな見識を持っている、との意。
（60）詩の序文で述べられている、ハリエット・リヴァモアのこと。
（61）シェイクスピアの『じゃじゃ馬馴らし』（一六二三年出版）の女主人公で、ヴェロナの紳士ペトルーキオの妻となるキャサリーナのこと。
（62）シエナの聖カテリーナ（一三四七—八〇）のこと。シエナは、イタリア中部トスカナ地方の市。
（63）「古い大聖堂の町」が、この女性の来訪を必ずしも歓迎していなかった、との意。
（64）この女性の熱烈なる巡礼の希望により、修道院が門を開けた、との意。
（65）トルコ西部の都市、イズミルの旧称。古代ギリシアの植民都市。
（66）当時、この地で疫病があったことを示すものか。
（67）地中海の、シチリア島とアフリカとの間に位置する島。
（68）イエス・キリストのこと。
（69）レディー・ヘスター・ルーシー・スタナップのこと。訳注（1）を参照。
（70）ヨハネによる福音書四章一四節。サマリアの婦人に対するイエスの言葉を参照。

（71）ギリシア神話の運命の三女神（クロト、ラケシス、アトロポス）のこと。
（72）この女性の純潔を、花のイメージによって表現したもの。
（73）詩編一〇三編一四節。
（74）前注に同じ。および、創世記三章一九節。
（75）建物の外装に用いる板。
（76）人の赤ん坊の時期を指すもの。
（77）枝に積もった雪のこと。
（78）男の子から雪玉を投げられる楽しみを、創世記のエデンの園の魅力に譬えたもの。
（79）「内なる光」は、プロテスタントの一派であるフレンド派（クェーカー派とも言う）の信仰の根拠である、すべての人の内に働く神の力を指す言葉。
（80）フランスの宗教改革者ジャン・カルヴァン（一五〇九—六四）の教義を、身を守る鎧《よろい》のように纏《まと》っていることを示す。
（81）六七二行目の「厳しい」の原語“acid”は「酸性の」の意味を持つ。真珠は、元来、酸に溶けやすいものであるが、ここでは、キリスト信徒を、酸に溶けることのない特別な真珠に譬えている。
（82）ギリシア神話の九人の学芸の女神のこと。
（83）トマス・エルウッド（一六三九—一七一三）。英国のクェーカー教徒。イスラエル王ダビデについての叙事詩『デイヴィディース——ダビデの生涯』（一七一二年）を書いた。
（84）詩神のこと。

（85）『デイヴィディース』のこと。
（86）米国アラバマ州とジョージア州一帯に住んでいた北米先住民。
（87）中米のニカラグアとパナマにはさまれた共和国。
（88）サー・グレガー・マグレガー（一七八六―一八四五）。スコットランドの軍人、冒険家。シモン・ボリバルと共に、ベネズエラのスペインからの解放のために戦った。
（89）アレクサンドロス・イプシランディス（一七九二―一八二八）。イスタンブール生まれのギリシア独立運動の指導者。
（90）ペロペネソス半島南部のマニ地方に住むギリシア人。独立心旺盛。
（91）ペロポネソス半島にある山脈。タイゲトス山がその最高峰。
（92）イプシランディスは、一八二〇年に、タイゲトス山でトルコ軍を破った。ここでは、打ち取ったトルコ人兵士の首を、馬の鞍の飾りにしている様子が描かれている。（ノートン版の注による。）
（93）結婚と死亡についての通知が、新聞の同じ欄に記載されていることを指す。
（94）一度書いたものを消し、再び書けるようにした羊皮紙。ここでは、装丁された写本を指す。
（95）凋《しぼ》まないとされる伝説上の花。
（96）アオノリュウゼツランのこと。アメリカン・アロエとも言う。百年に一度花を開くとされた。
（97）中世ヨーロッパにおいて、ローマ・カトリック教会の主導で、一〇二七年から一三世紀まで続いた、貴族間における、一週間中の特定日の戦闘中止。
（98）この詩の語り手のこと。

（99）フランドルは、中世にヨーロッパ西部にあった国で、現在のベルギー西部、フランス北部、オランダ南西部を含む。ここを中心に一四世紀以後に、油彩による細緻な写実、独自の宗教図像などを特色とする絵画様式が発展した。

（100）この詩の語り手のこと。

解説

根本 泉

一 ホイッティア小伝

農場に生まれて

米国詩人ジョン・グリーンリーフ・ホイッティア（John Greenleaf Whittier）は、一八〇七年一二月一七日に、マサチューセッツ州ヘイヴァリル（Haverhill）の農場に生まれた。父の名はジョン、母はアビゲイル・ハッシーであった。

ホイッティアの祖先は、英国に生まれ一六三八年にアメリカに渡った、トマス・ホイッティアに遡ることができる。トマスは詩人の父ジョンの曾祖父に当たる。彼はキリスト教の一派であるフレンド派（キリスト友会、一般にはクェーカー派とも呼ばれる）の創始者、ジョージ・フォックス（一六二四―九一）と同時代人であった。その子ジョゼフは、クェーカー教徒のメアリー・

ピーズリーと結婚し、この教派に属するようになる。それ以来、ホイッティア家は、代々クェーカー派の信仰を守ってきた。詩人の家族もまた、クェーカー派に属し、その集会に参加していた。

ジョンとアビゲイルの間には、四人の子どもが生まれた。すなわち上からメアリー、ジョン・グリーンリーフ、マシュー・フランクリン、エリザベス・ハッシーである。

農場は、父とその末の弟であるおじのモーゼスによって共同で経営されており、母の妹であるおばのマーシーも同居していた。生活は質素であった。子どもたちは大人と一緒に働かなければならず、ホイッティア少年の仕事のひとつは、七頭の牛の乳搾りであったという。彼は、田舎の男の子としては、からだがあまり強くはなかった。その代り、彼は、田舎の風景、音、匂い、といったものに対する鋭い感覚を持ち合わせていた。

少年時代の詩作と教育

ホイッティアの最初の小学校の教師は、ジョシュア・コフィンといい、ホイッティア農場に下宿していた。ホイッティアは終生、この教師に対する恩義を持ち続けた。彼が一四歳の時に、コフィンは、スコットランドの国民詩人ロバート・バーンズ（一七五九―九六）の詩集を貸してくれた。そのことが、少年ホイッティアに、詩人としての才能に目覚めさせる契機を与えたのである。その後、ホイッティアは、十代後半で詩を書くようになる。そして、彼の初期の詩が、彼の人生を大きく変えることとなった。

それは、姉メアリーが、彼の知らないうちに、彼の詩「流浪者の旅立ち」“The Exile's Departure”を、ウィリアム・ロイド・ギャリソン（一八〇五—七九）が編集する、ニューベリーポートの新聞『フリー・プレス』に投稿したことに端を発する。ギャリソンは、後にアメリカで最も有名な奴隷制廃止論者となった人物である。この詩は、一八二六年六月八日の新聞に発表された。その後、メアリーによって毎週投稿される詩に興味を持ったギャリソンは、ホイッティア農場を訪ね、父に、ホイッティア少年にさらなる教育を受けさせることを勧めた。しかし、教育費の捻出がむずかしいことを理由に、父はこの申し出を断った。その後、『フリー・プレス』は売却され、ホイッティアの詩は、アバイジャ・W・セアーが編集する『ヘイヴァリル・ガゼット』に送られた。今度は、セアーが、ギャリソン同様に農場を訪れ、ホイッティアの進学について、父の説得に成功した。こうして、ホイッティアは、まず、学費を稼ぐためにスリッパ作りの仕事をし、その資金で一八二七年開校のヘイヴァリル・アカデミーに入学することができた。アカデミーでの学びの日々は、ホイッティアにとって、人生で最も楽しい時のひとつであった。彼は、さらに学校教師等のアルバイトにより学費を得、計二学期、学業を続けることができた。

ホイッティアは、アカデミーでの在学期間も、引き続き詩を書き続けた。それらのほとんどは

『エセックス・ガゼット』（前述の『ヘイヴァリル・ガゼット』と同紙。一時期このように呼ばれた）に掲載され、一部『ボストン・ステーツマン』に載ったものもあった。そこには、ミルトン、サー・ウォルター・スコット、その他の詩人の作品の影響を色濃く残すもの、反戦をテーマとするもの、来世への堅い信仰を示すもの、等が見られる。また、アカデミーでの教育によって、彼は、ニューイングランドの伝説の価値を見出した。それはやがて、『詩と散文によるニューイングランドの伝説』*Legends of New England, in Prose and Verse*（一八三一年）として結実することとなる。こうして、ホイッティアの作家また詩人としての名声は、高まっていった。

編集者としての仕事

ヘイヴァリル・アカデミーでの第二学期終了後、ホイッティアは、新聞の編集者の職を得ることとなる。最初は、『ナショナル・フィランソロピスト』であり、次が『アメリカン・マニュファクチャラー』であった。

ホイッティアの社会思想において、その第一の位置を占めていたのが、奴隷制廃止論であった。この思想は、当時のアメリカの社会改革運動においても、主要な論点のひとつであった。奴隷制廃止論は、『アメリカン・マニュファクチャラー』においてもしばしば取り上げられ、ホイッティアもこのテーマでの記事や詩を書いた。

八か月程の勤務の後、ホィッテイアは、父の健康が衰えつつあったため、ヘイヴァリルの農場に戻ることになる。そして、一八三〇年の父の死後、コネチカット州ハートフォードの『ニューイングランド・ウィークリー・レビュー』の編集者となった。しかし、翌年、彼は、過労により神経衰弱を患うことで心臓を病み、結局はこの仕事を辞せざるを得なかった。こうして、彼は農場に留まることとなるが、ここでの日々が、ホイッティアにとって、郷里の詩的価値に目を開かれる大変重要な時期となった。先に触れた、『詩と散文によるニューイングランドの伝説』が出版されたのもこの時期である。

奴隷制廃止論者として

ホイッティアは、一八三三年に『正義と得策』*Justice and Expediency* を出版する。彼は、この中で奴隷制の即時廃止を求めた。この書物は、彼の思想の高らかな宣言となり、かつアメリカの奴隷制反対運動の最前線に立つ、リーダーのひとりとしての彼の立場を明示するものとなった。また、その年には、「全国反奴隷制大会」がフィラデルフィアで開催され、ホイッティアも代表者のひとりとして参加している。代表者の三分の一はクェーカー派のクリスチャンであった。ウィリアム・ロイド・ギャリソンが、大会宣言起草のための委員会の長であり、ホイッテイアもそのメンバーであった。また、翌一八三四年には、ヘイヴァリルに、「奴隷制反対協会」

の地方支部が結成され、ホイッティアは、そこでの通信事務を担当することになった。そして、一八三五年には、彼はマサチューセッツ州議会議員に選出され、一期を務めることになる。

ホイッティアたちの奴隷制反対運動に対する、ボストンその他の地域での暴徒の襲撃もあった。一八三五年、ニューハンプシャー州コンコードでの政治集会では、ホイッティアは暴徒の投石に遭い（腐った卵も投げつけられたという！）、翌朝まで隠れた末、聖職者になりすまして逃げ、難を逃れた。

翌年には、それまで暮らしてきたヘイヴァリルの家を売却し、その北東に位置するエイムズベリー（Amesbury）へと移った。母と姉妹たちも一緒であった。そして、彼の数々の重要な作品が、ここで執筆されることになる。

ホイッティアは、一八三七年に、「アメリカ奴隷制反対協会」の秘書の職を経て、やはり反奴隷制の立場をとる、フィラデルフィアの新聞『ナショナル・インクワイアラー』（後に『ペンシルベニア・フリーマン』に改称）の編集者となった。しかし、一八三八年には、その事務所がある建物、ペンシルベニア・ホールが、奴隷制度支持派の暴徒によって放火される事件が起こった。

同年、ホイッテイアは、神経と心臓との疾患のためにエイムズベリーの家に帰り、暫くの間、ここで『ペンシルベニア・フリーマン』の編集を行なう。その後、再びフィラデルフィアに戻るが、「奴隷制反対協会」の方針をめぐっての内部分裂の結果、一八四〇年に、その職を辞すこととなった。

その後、一八四七年に、彼は、ワシントンD.C.の「アメリカ・海外奴隷制反対協会」が刊行している、『ナショナル・イアラ』の通信編集者となり、一八六〇年（伝記によっては一八五九年）まで勤めた。

詩作と晩年

この間、一八五七年には、ホイッティアの母が亡くなっている。また、一八六四年には、彼のよき同志であり助言者でもあった、妹のエリザベスを天に送った。長詩『雪に閉ざされて――冬の田園詩』*Snow-Bound: A Winter Idyl* が出版されたのは、それから二年後の一八六六年二月のことである。この作品は大変な売れ行きを示した。既に、一八六三年一月に奴隷解放宣言がなされ、一八六五年四月に南北戦争も終結していた。

ホイッティアはボストンの文芸誌『アトランティック・マンスリー』の一八五七年創刊以来の、定期的な投稿者としても活躍した。彼は、政治に深く関わって活動する間も、忙しく雑誌や新聞に詩や散文を書き続けたのである。

妹エリザベスの死後は、弟マシュー・フランクリンの娘エリザベスが、ホイッティアのもとで家事を助けた。彼女は一八七六年にサミュエル・T・ピカードと結婚する。ピカードは、後にホイッティアの伝記の著者となる。

ホイッティアは一八八六年にはハーバード大学より、名誉法学博士号を授与される。一八八八年から、彼の健康は衰え始め、一八九二年九月六日に、脳卒中の発作が原因で、八四歳でこの世を去った。

詩人ホイッティア

ホイッティアは、一般に、「奴隷制度廃止運動の詩人」と呼ばれている。彼は、新聞の編集者として、また、奴隷制廃止運動家、時に政治家として働きつつ、詩と散文を書き続けた。彼の作品は、詩に限って言えば、奴隷制度廃止運動に関わる詩、労働と改革に関する詩、物語詩および伝説についての詩、自然をうたった詩、幼い頃の回想の詩、信仰をうたった宗教詩、など幅広い分野にわたる。その中でも代表的なものを挙げれば、奴隷制度廃止運動に関わる詩としては、「奴隷船」"The Slave Ships"（一八三四年）、「イカボデ」"Ichabod"（一八五〇年）、「ヴァージニアの奴隷の母の別れの言葉」"The Farewell of a Virginia Slave Mother"（一八三八年）などがある。また、少年時代の追想を綴った代表作としては、「はだしの少年」"The Barefoot Boy"（一八五五年）や「学校時代」"In School-Days"（一八七〇年）がある。宗教詩としては、人生の最後と天国への希望をうたった「ついに」"At Last"（一八八二年）が高く評価されており、「わたしたちの主」

"Our Master"（一八六六年）は、日本語の『讃美歌』（一九五四年版）三〇〇番にも引用されている。

こうした作品群の中でも、長詩『雪に閉ざされて――冬の田園詩』（一八六六年）は、彼の最高傑作とみなされている。「冬の田園詩」という副題にもあるとおり、この詩はホイッティアの少年時代に大雪が降った時の想い出をうたった牧歌的な詩である。しかし、そこには詩人の社会観、宗教観など、さまざまな要素が織りなされており、詩人の思想の集大成とも言うべき大作である。

二　『雪に閉ざされて』について

詩の構想と出版

小伝でも触れたとおり、『雪に閉ざされて』は、ホイッティアの愛する母と妹エリザベスの死後に書かれた作品である。そして、サミュエル・T・ピカードがその伝記で指摘するように、この詩は母と妹を記念する作品となっている。そのために、彼女たちと切り離すことのできない、詩人の幼い頃の故郷の農場が舞台となっているのである。

この詩は一八六五年には書き始められていたらしい。ホイッティアは、同年八月に、友人ジェイムズ・T・フィールズ宛の手紙で『雪に閉ざされて』の創作に初めて言及し、この詩は「古きニューイングランドの家庭の様子を描いた絵」である、と述べている。そして同年一〇月に、フィールズに詩の草稿を送っている。

一八六六年二月に出版された時、この詩は直ちに好評を博し、四月までに一万部が売れるほどであった。最初の発行における、ホイッティアの利益は大変なもので、彼を驚かせた。詩人は、このような成功を、母と妹に見せて上げられなかったことを悔やんだ。

その浩瀚な伝記で、ローランド・H・ウッドウェルが述べているように、この詩の魅力は、読者と同じごく普通の人々が、日常生活の中で描かれていることであった。しかもその語り口は易しく、楽しくあった。しかし、何よりも人々の心を捉えたのは、そのテーマと場面設定であった。まず、「農場における子ども時代」という設定である。それは、ある読者たちには、彼らの幼い頃の生活を思い出させるものであった。また、この場面設定は、北米の植民以来、先祖も自分たちも、実際の農場生活を経験したことのない人々の心をも引き付けた。

次に、人々の心を捉えたのは、作品の中で扱われている「死」というテーマであった。当時の人々にとって、「死」は実際に生活の一部であり、子どもたちも、彼ら向けの物語や詩を通してこれについて教えられた。もし「死」と「不滅」のテーマが扱われていなければ、この作品には、どこか物足りなさが残ったことであろう、とウッドウェルは指摘する。

この詩は、吹雪の到来から雪がやむまでの、「雪に閉ざされ」た生活の描写、共に暖炉を囲む大人たちの様子、彼らが語ってくれた経験談や書物からの話が、その多くの部分を占めるが、その所々に、詩人の口を通して、「死」と「不滅」のテーマが語られる。後に詳しく述べることになるが、そこには、単に時代の精神状況が反映されているだけではなく、ホイッティア自身の、クェーカー教徒としてのキリスト教信仰が表されている、と言うことができる。

詩の内容と宗教性

次に、『雪に閉ざされて』の具体的な内容とその宗教性について述べてみたい。

この作品には、「この詩を、その中で語られる家庭の人々の想い出に捧げる」という献辞と共に序文*が付いており、そこに、詩に登場する人々が紹介されている。それは、ホイッティアの両親、兄弟姉妹、未婚のおじとおば、地区の小学校の先生、若い宗教家の婦人、である。

ここで興味深いことは、詩人が序文の多くの部分を、個性の強い、宗教家のハリエット・リヴァモアの紹介に割いていることである。詩の最後の方で語られるこの婦人は、「やや恐れられ、あまりうれしくない客」（五二〇行）とあることから、詩人にとって苦手な人物であったと想像される。それにもかかわらず、ホイッティアが彼女の半生について詳しく紹介しているのは、彼女の性格が幼い詩人に強い印象を与えた、ということのみならず、彼女の、イエス・キリストの再臨を待ち望む信仰が——やや極端なかたちをとったとはいえ——この詩の宗教性と相通ずるものを持っていたためであろう。

もう一点、序文において注意すべきことは、「魔術」についての記述である。ここでは、ホイッティアの母が話してくれたバンタムという魔術師が用いた本で、今はホイッティア自身が所持しているという、ドイツの神秘家アグリッパの『魔術』について言及されている。そして、この本からの一節が引用され、「闇の霊」と「光の天使である善き霊」が対比して語られている。そこには、「われわれが木を燃や」す時、「善き霊」はそれによって力を得、「闇の霊」を追い払う、とある。また、そのすぐ後に、エマソンの詩「吹雪」が引用されている。この詩の第八行では、「明るく輝く暖炉のまわりにすわる」とうたわれており、吹雪の中で、暖炉の火によって守られる様子が描かれている。ここにも、火の持つ力の描写がある。

この、序文後半の魔術についての記述とアグリッパおよびエマソンからの引用は、当時のアメリカの人々の神秘的なものに対する感覚の一部を、垣間見させてくれるものであるが、何よりも、『雪に閉ざされて』という詩全体のイメージを象徴的に示している、と言える。すなわち、大雪という外界の冷たさと、それと対照をなす屋内の火（暖炉の火）というイメージの対比である。

詩の本文に移ろう。この詩の詩作は、一行一行のストレスの置き方（四詩脚）と各行を結ぶ語の響き合い（脚韻）が、イギリスの詩人バイロンを思わせるバラッド風のうたい方となっており、前進していくような動的なリズムを感じさせる。

最初に、吹雪の前兆とも言うべき、不気味さを伴う、気候の変化が描かれる。吹雪は一晩続き、翌日には、一面、空と雪だけの新世界が出現する。冷たい風とみぞれ。そして屋外に人気《ひとけ》はなく、孤独感は募り、家の中の炉辺だけが楽しい場所に思われた。

詩人は、ここで「時」と「変化」(一七九行)に思いを馳せる。彼は白髪混じりとなった現在の自分を見つめ、あの冬の日々に暖炉を囲んだ、今はもう世になき人々のことを想う。しかし、詩人は、彼らを喪《うしな》ったことの寂しさを覚えつつも、「いかにしてか、どこかで、きっと会える」(二〇二行)との、希望を告白する。そして、「イトスギの間から星が輝く」(二〇三行)、「夜明けの光が、悲しき墓石の向こうに/戯れる」(二〇六—二〇七行)という言葉が続く。ここでは、「光」が、「死」の暗さ、冷たさと対照的に描かれており、大雪と屋内の火の対照とあいまって、さらにはそれを超えるものとして、イエス・キリストの復活に基づく来世を象徴していると考えられる。一七五—二一一行におけるこれらの黙想は、この詩の宗教性を示す箇所として第一に挙げられるべき所である。

ここで、詩は再び、炉辺の場面の描写に戻る。その最初で、「ガンビアの黄金海岸の酋長」の話が出てくるが、以降所々に、このような社会問題への言及が見られる。奴隷制度廃止論者としてのホイッティアの思想は、この「田園詩」の中にも深く浸透している。

楽しい昔語《むかしがたり》は、まず父からである。彼は若い頃のカナダでの狩猟生活、ニューイングランド近海での漁の生活について話す。母はアメリカ先住民の襲撃の話をし、子どもたちを、そのお話によって、彼女の故郷へと案内する。さらにシューエルの本やチョークリーの航海記から、信仰における奇跡の物語を語って聞かせる。おじ（モーゼス・ホイッティア）は、「自然」と心の通じ合う人である。彼が、おもしろおかしく猟や釣りについて話してくれる間に、子どもたちは外の寒さを忘れ、野や森の動物たちとの暮らしの中に心引き込まれてしまう。大好きな美人のおば（マーシー・エヴァンズ・ハッシー）は、独身で、無私の愛に生きた、優しい家庭的な婦人である。次に登場する姉は、自己を犠牲にしてでも他者のために仕える、豊かで誠実な性格の持ち主である。

妹エリザベスについてうたう三九二―四三七行は、宗教性という点から見て、二つ目の要《かなめ》となる箇所である。これらの詩行には、詩人の妹への愛情が溢れている。ここでも、詩人の来世信仰に注意を向けなければならない。詩人は今は亡き妹が「天国の聖《きよ》き平和に包まれて」（三九九行）あることを信じ、彼女の瞳が自分を見つめている（四〇三行）ことを感じ取っている。また、彼女の愛が残してくれた「真珠と黄金」（四二七行）は、「不滅」である彼女の中に守られてある（四二四行）。そして、「わたし」がこの世を去る時には、「日没の門」（四三四行）の所で、「あなたの手が宵の明星に照らされて白く、／わたしを差し招く」（四三六―四三七行）、とうたう。ここでは、「宵の明星に照らされて白く」とあり、再び、「光」が来世の象徴として描かれている。ここは、本作品の中でも最も美しい場面のひとつと言えよう。

次に、地区の小学校の先生が登場する。彼は知識豊かで、かつ天真爛漫。古典的伝説の物語や遊びで、子どもたちを楽しませる。一方で、彼は「若き自由の使徒たちのひとり」（四八六行）として社会を改良していくことを、詩人は予見する。

これに続く、ハリエット・リヴァモアについてうたった箇所は、この詩の宗教性およびホイッティア自身の信仰が最もよく表されている、三つめの要《かなめ》である。前文の説明でも述べたとおり、ホイッティアは、この婦人の性格に戸惑いつつも、彼女の熱心な巡礼と伝道についてうたい（五四六―五六二行）、彼女の進む道に「主キリストの優しき憐れみが伴わんことを！」（五六四行）と、彼女への同情の気持ちを披歴する。また、彼女の生きざまについては、それを外面だけで裁くことを避けている。それは、「わたしたちは、彼女の理不尽なる生涯は見えても、／そこに隠された泉を知らないかもしれない」（五六五―五六六行）からである、と詩人は述べる。そして、最後に、「わたしたちが塵にすぎぬことを覚えてい給う」（五八九行）「義」の神の、「喜ばしき約束と希望」（五八七行）とを信じて、ハリエット・リヴァモアについての箇所を締めくくっている。ここで、詩人は、他者の生涯と魂の問題には敢えて干渉せず、これを神に委ねているわけであるが、そこには、「塵」としての弱き存在を自覚し、神の憐れみにすがって生きんとする、ホイッティア自身の深き信仰が示されていると言える。

団欒《だんらん》の場面はここで終わり、皆が床につく。翌朝、「陽気な叫び声」に、詩人は、雪かきが始まったことを知る。雪の中ではしゃぐ、子どもたちの様子が描かれる。

この部分で注意すべき箇所は、「賢い老医師」（六五九行）が、母に、近所の貧しい病人の介抱を依頼するために、立ち寄る場面である。この医師はキリスト教徒で、フランスの宗教改革者カルヴァンの教えを信奉していたようである。その彼が、クェーカー教徒の母に協力を願い出たことの中に、詩人は深い意義を見出している。すなわち、ここには、「厳しい教派」（六七二行）にとらわれることのない「愛」における一致が見られる、ということである。この箇所は、先に挙げた、三つの要《かなめ》となるべき部分と合わせて、ホイッティアの信仰思想を示す重要な詩行と考えられる。

さらに一週間が過ぎ、ようやく村の新聞が配達される。こうして、再び、広々とした外の世界へと心が開ける。

ここで、詩人は、ある声が、天使に向かって、「汝の本の、真ちゅうのカバーの留金をかけよ」（七一八行）と命ずるのを聞く。過去を記した巨大なパリンプセスト***が閉じられる。そして、詩人は、夢から目覚めるようにと命ぜられるのである。しかし、彼は晩年の務めに追われつつも、時に、あの「少年時代に経験した冬の喜び」（七四四行）に胸が熱くなる。そして、年老いた友人たちもまた、詩人の描いたフランドル風の絵を見るために立ち止まる。さらに、この絵を喜ぶ、見ず知らずの人からの感謝が、「風に運ばれて来る香気のように」（七五五行）詩人のもとに届く時、詩人は、それを「天からの祝福」（七五九行）として、受けとめるのである。

「冬の田園詩」という副題が示すように、『雪に閉ざされて』は、吹雪の日々における、農場を囲む自然、暖かな炉辺に集う人々の想い出をその大きな枠組とする、田園詩である。詩人がその結び近くでうたわれているように、この世の現実を生きる厳しさの中で、詩人がふと立ち止まって、その懐かしさを噛みしめる、「冬の喜び」の回想である。詩人はこの冬の日々の想い出を、幾枚もの「フランドルの絵」に描いて見せた。これらの絵を見るために人々が立ち止まり、さらには、見ず知らずの人からの、これらの絵に対する感謝が、「よき香り」（七五六行）として詩人のもとに漂い来る。ここでこの詩は閉じられる。のどかで牧歌的な光景である。

しかし、この詩に内在する深い慰めは、むしろその宗教性にあると考えられる。先に、この詩における宗教性に関連して、（一）「時」と「変化」についての黙想、（二）妹エリザベスについての箇所、（三）ハリエット・リヴァモアについての箇所、さらには、「賢い老医師」についての箇所が、重要であることを指摘した。これらの中、前者の三つはホイッティアの復活信仰・来世信仰と深く関わる所である。彼が抱く来世への希望は、正しくかつ慈しみ深い神の存在に基づいている。詩人は、「わたしたちに必要なものをご存じの神は、正しいお方」（二〇一行）、「わたしたちの造られしさまをご存じの神は義にいまし、／慈しみ深く、情け深く、／喜ばしき約束と希望に満ちておられる」（五八五―五八七行）と告白する。

「詩の構想と出版」の項で、「死」と「不滅」のテーマ、ということに触れたが、この作品の底に流れるこのテーマは、ホイッティアの復活信仰・来世信仰と密接な関わりがある、と言える。『雪に閉ざされて』は、深い思想性と宗教性を持った田園詩である、と言うことができよう。

＊　序文は、本訳の底本である全集版では付いているが、序文のない版もある。

＊＊　この先生の名はジョージ・ハスケルといい、当時、ダートマス大学の学生であった。

＊＊＊　詩の訳注（94）を参照。

この作品の翻訳と日本におけるホイッティアの紹介

ここで、わが国における『雪に閉ざされて』の翻訳について触れておきたい。訳者が、国立国会図書館等において調査した範囲では、『雪に閉ざされて』の完訳は、今のところ、日本では出版されていないようである。論文にその部分訳が掲載されているもの、アンソロジー（詞華集）にその一部分の注釈がなされているもの、のみである。そもそも、『雪に閉ざされて』に限らず、ホイッティアの詩の翻訳自体、必ずしも多くはない。以下にその主だったものを挙げてみる。

（単行本）

平川樂山編『ジョン・ジー・ホイッテヤ　宗教詩選』、樂山草子委員発行、一九五六年。

（叢書に収められたもの）

ホイッティアー著　斎藤光訳「労働讃歌（抄）」、『世界名詩集大成』第一一巻、平凡社、一九六七年。

（ホイッティアの詩を含むアンソロジー）

櫻井鷗村訳註『英詩評釈』、丁未出版社、一九一四年。

志賀勝註釈、*Seven American Poets*（『アメリカ七詩人集』）、研究社出版（研究社小英文叢書）、一九五一年。


以上の、ホイッティアの詩の翻訳は、図書館等において閲覧が可能な、ほんの一部を網羅しているに過ぎない。ただし、ホイッティアに関しては、近年、書籍のかたちでの新しい訳が出ていないことも、事実である。

佐渡谷重信氏の研究（「日本におけるジョン・G・ホイッティア」、『西南学院大学 英語英文学論集』第一六巻第一号、一九七五年）において詳しく分析されているように、明治・大正期においては、ホイッティアの作品が文壇で紹介されると共に、宗教界においても盛んに紹介され、また評価された。中でも特に、思想家・キリスト教徒である内村鑑三（一八六一―一九三〇）は、ホイッティアを敬愛し、訳詩集『愛吟』（一八九七年）、文学論『月曜講演』（一八九八年、後に『宗教と文学』に改題）等でホイッティアを取り上げ、紹介した。また、初期の代表的著作である『基督信徒の慰』（一八九三年）では、『雪に閉ざされて』からの一節（原文二〇〇、二〇二行）を引用し、亡き妻かずとの復活における再会の希望を、この詩行に読み取っている。その後、内村の弟子畔上賢造も、内村の信仰誌『聖書之研究』（一九〇〇年創刊）において、ホイッティアの代表的な数々の詩の一部を訳出、紹介している。

ホイッティアの宗教詩は、明治期から昭和にかけて編纂された『讃美歌　第二編』および『讃美歌』にも収録されている。このこともまた、ホイッティアが近代日本において、宗教詩人として重視されていたことを物語っている。一方、当時の知識人である新渡戸稲造（一八六二―一九三三）が、英文による名著『武士道』*Bushido: The Soul of Japan*（一九〇〇年）の最終章の終わりで、『雪に閉ざされて』の結び四行を引用して締めくくっていることも、日本におけるホイッティア受容の一側面を示す、興味深い例である。

いずれにしても、明治期から昭和にかけて、ホイッティアの紹介および評価において、その宗教的な側面が強調されてきたことは事実であろう。今後は、ホイッテイアの人間像を、文学、宗教、社会思想など様々な角度から総合的に考察し、この詩人の全体像に迫る研究が求められているのではないだろうか。その意味でも、一五〇年前の出版において人々の心を捉えた、『雪に閉ざされて』に込められた詩人の文学、思想、信仰に触れることは、意義あることであると考える。時代の変遷によって、人間の抱える困難と課題のかたちは異なるとしても、その本質においては、現代にも、ホイッティアの時代に通ずるものが多くあるはずである。この作品は二一世紀に生きるわたしたちに、のどかなる田園風景と共に、そこに込められた希望のメッセージを伝えてくれるであろう。

ここで、『雪に閉ざされて』の翻訳を刊行するにあたり、主として用いた文献を挙げておきたい。詩の底本には、

The Works of John Greenleaf Whittier. 7 vols. Boston: Houghton, 1892.

所収の *Snow-Bound: A Winter Idyl* を用いた。また、

Baym, Nina et al., eds. *The Norton Anthology of American Literature*. 4th ed. New York: Norton, 1994.

所収のテクストをも参照した。このアンソロジーには詳しい注が付いており、便利であった。本書の訳注において「ノートン版」とあるのは、この書を指している。

「解説」における「ホイッティア小伝」の執筆に際しては、

Pickard, Samuel T. *Life and Letters of John Greenleaf Whittier*. 2 vols. Boston: Houghton, 1894.

Woodwell, Roland H. *John Greenleaf Whittier: A Biography*. Haverhill: Trustees of John Greenleaf

Whittier Homestead, 1985.

の二書を参照した。また、ホイッティアの生涯における大切な節目を押さえるためには、

The Poems of John Greenleaf Whittier: Fifty-Four of His Poems with Notes and Biographical Sketch.
Haverhill: Wilbert F. Barret, Esq. & Trustees of the Whittier Homestead, 2013.

における、略伝および作品解説が大きな助けとなった。日本語の文献としては、先に挙げた、平川樂山氏編『ジョン・ジー・ホイッテヤ　宗教詩選』中の、ホイッティアの「小伝」も参照した。なお、本訳書においては、原文が大文字で始まる名詞は「　」でくくった。たとえば、Natureは「自然」とした。また、擬人的に用いられる名詞（愛、理性など）については、「　」でくくった場合と、傍点を付した場合とがある。さらに、〔　〕でくくった言葉は原文にはなく、訳者が意味を補ったものであることを付け加えておく。

最後に、本訳書に付した原文テクストについて触れておきたい。『雪に閉ざされて』の原文を直接ご覧になりたい読者の方々のために、巻末に逆開きのかたちで、本訳の底本である前掲の全集版からの序文と詩本文とのテクストを付させていただいた。（詩本文右の行数を示す数字は訳者が補った。）規則正しい詩形と韻律の中にうたわれた、詩人の素朴なる言葉と生命《いのち》の躍動とを直に味わっていただければ幸いである。

訳者あとがき

わたくしがホイッティアという米国詩人の名を初めて知ったのは、内村鑑三の著作をとおしてであった。大学でアメリカ文学史を学ぶ以前から、内村の訳詩集『愛吟』などをとおして、「ホイッチャー」という名で記憶していたのである。また、内村の『一日一生』においてもホイッティアの作品に触れていた。この本は、一年の各一日に、聖句と彼のいくつかの代表的な著作からの一節を配したものである。「三月三十一日」のページには、『基督信徒の慰』からの一節が載っており、そこにホイッティアの詩が以下のように引用され、内村の訳が付してある。

"Love does dream, Faith does trust
Somehow, somewhere meet we must." ——Whittier.
愛の夢想をわれ疑わじ
何様《どう》か何処《どこ》かで相い見んと。（ホィッチャー）

私事にわたって恐縮であるが、父が一九九六年三月三十一日に天に召された後、内村の『一日一生』を日々愛読していた母は、その三月三十一日の文章に現れるこの詩を紙に書き写し、父の遺影の下に貼っておいた。そのため、この一節はわたくしにとって身近なものであったが、これがどういう作品からとられたものか、深く考えることもなかった。

しかし、ホイッティアと真剣に向き合うべき、最初の機会が訪れた。二〇〇一年の春のことである。当時、山形県小国町にある母校基督教独立学園高等学校の校長であられた、助川暢先生よりお電話をいただいた。それは、もし、ホイッティアの『スノー・バウンド』（*Snow-Bound*）という詩を持っていたら、コピーをいただけないか、というものであった。先生によれば、この高校の創立者鈴木弼美先生の恩師であり近江兄弟社の創設者であるウィリアム・メレル・ヴォーリズ先生が、一九三四年の春に小国を訪問された折に詠まれた詩がある、とのこと。この年は、五月に五メートルの積雪があり、その中で書かれたこの詩に『スノー・バウンド』が出てくるのだが、どんな作品か読んでみたい、とのことであった。早速、手持ちのアメリカ文学詩文集から作品をコピーしてお送りした。

実は、恥ずかしい話ながら、この作品の原文に接したのは、わたくしもこの時が初めてであった。そして、原文を見ていた時、内村が『基督信徒の慰』に引用しているあの二行が、この詩の二〇〇行、二〇二行から（引用が一部不正確なかたちで）とられていることを知ったのであった。

助川先生からは、すぐコピーの御礼のお電話をいただき、むずかしそうな詩だが翻訳はないか、とのことであった。大学の恩師に伺ったり、古本屋に当たったりしたが、あいにく見つけることはできなかったので、そのことを先生にお伝えした。すると、先生は、「根本君、訳してくれませんか」とおっしゃられた。前向きの返事をしたものの、大きな課題を抱え込んでしまったことを後悔した。しかし、一方で、わたくしのような者にも期待をかけていただいたことへの喜びも禁じえなかった。助川先生のお勧めに感謝申し上げたい。

二〇〇一年の夏、わたくしは、語学研修に参加する学生を引率して、米国ワシントン州シアトルを訪れた。ホイッティアのことが頭にあったため、とある大きな書店のカウンターで、この詩人の全集があるかどうか聞いてみた。すると、店員は、古書の棚の上の方から伝記を含む九巻本の全集を下してくれた。わたくしは喜び勇んですぐにこれを買い求め、日本に送った。しかし、その後長い間、これらの本は、大学の研究室の書架に眠ったままになっていた。

『スノー・バウンド』(本訳においては、その表題を『雪に閉ざされて』とした)を訳そうという気持ちになったのは、二〇一〇年のことであった。それは、勤め先の大学の、学部・学科改組に関わることとなり、研究時間の確保がむずかしくなったためである。翻訳ならば、細切れの時間でも、少しずつ原稿をためていくことができる、と考えたのである。一日一行だけでもと思いつつ、翻訳を進めた。そんな中、二〇一一年三月の東日本大震災が起こった。自宅の被災は免れたものの、自分としては被災した方々のために何の働きもできないでいた。しかし、ホイッティアの作品を訳すことで、復興時の人々の希望のために少しでもお役に立てるのではないか、と素朴に考えた。『雪に閉ざされて』の思想の中心には、キリスト教信仰における来世への希望が存するからである。そのような思いに支えられて翻訳を継続し、ひととおり最後までの訳をつけ終えることができたので、その後の出版の希望を、恩師である日本女子大学名誉教授新井明先生に申し上げた。訳に取りかかって以来、既に二年半近くになっていた。

新井先生は、『雪に閉ざされて』の翻訳を出版することにご賛成くださり、新教出版社をご推薦くださった。現社長の小林望氏が、わたくしの学生時代の親しい友人だったためである。早速、小林氏に翻訳の出版の希望をお伝えしたところ、ご快諾くださった。ホイッティアとの本格的な格闘が始まったのは、それからであった。手書きの素訳をパソコンに打ち込み、注をつけ、約百行終わるごとに新井先生にお送りし、目をお通しいただいた。先生は、わたくしの訳をできるだけ生かすというご方針のもと、大変丁寧に修正してくださり、難解な箇所の疑問にもお答えくださった。本訳詩が、少しでもホイッティアの心を伝え、読者の方々に味わっていただけるものになっているとすれば、それは先生のご指導の賜物である。大病をなさり、ご体調の必ずしもよろしくない中ご指導くださった先生に、心より御礼申し上げる次第である。

二〇一三年の秋、わたくしは、翻訳のための現地調査に、ホイッティアの郷里であるマサチューセッツ州ヘイヴァリルと、彼のその後の生活の拠点となったエイムズベリーを訪れた。ヘイヴァリルは、在外研究でアメリカに滞在していた二〇〇七年にも一度訪れたことのある、懐かしい場所であった。調査の折には、ヘイヴァリル公立図書館の館員の方々、ホイッティアの生家の管理者であるガス・ルーシュ氏、エイムズベリーのホイッティア協会（Whittier Home Association）の当時の会長であったシンシア・C・コステロ氏、ジョン・グリーンリーフ・ホイッティア記念館（John Greenleaf Whittier Home Museum）のロバート・シュレドウィッズ氏に大変お世話になった。また、生家の管理団体の理事であるアーサー・ヴィージー氏およびエリナー・カーティン＝カメロン氏は、その後、詩の本文やホイッティアの著作に関する質問に親切にお答えくださり、ヴィージー氏は口絵に入れるための生家の写真をお送りくださった。口絵のホイッティアの肖像と彼の署名は、ホイッティア協会現会長のクリスティーナ・ブライアント氏が、数ある肖像画や写真の中から選んでくださったものである。これらの方々のご協力に深く感謝申し上げる。

新教出版社の小林氏は、遅筆のわたくしを大らかな心で見守り、訳詩原稿について、少しでも読みやすい日本語となるように、適切な助言をくださった。氏の友情に厚く御礼申し上げたい。

わたくしが学生および大学院生として過ごした東北学院大学において、終始ご指導くださったのは、元文学部長西山良雄先生であった。英国ルネサンス期の詩を読み解く方法をご教授くださるとともに、深く学問する者の姿勢を、身をもってお示しくださったのは先生である。先生は、わたくしが米国マサチューセッツ大学ルネサンス研究所に、客員研究員として滞在している折、逝去された。最後にお別れを申し上げることができなかった先生に、お詫びとともに、感謝を込めてこの訳書をお捧げしたい。

母は、本訳書の出版を見ることなく、一昨年の夏に天国へと旅立った。わたくしをいつも励まし続けてくれた母と、ここにこぎつけるまで日々支えてくれた妻にも感謝するものである。

一八六六年に『雪に閉ざされて』が出版されてから、今年はちょうど一五〇年目に当たる。この記念の年に本訳書が上梓されることを、詩人が喜んでくれればと願っている。

二〇一六年二月　　仙台にて

根本　泉

And thanks untraced to lips unknown
Shall greet me like the odors blown
From unseen meadows newly mown,
Or lilies floating in some pond,
Wood-fringed, the wayside gaze beyond;
The traveller owns the grateful sense
Of sweetness near, he knows not whence,
And, pausing, takes with forehead bare
The benediction of the air.

1866.

The characters of joy and woe;
The monographs of outlived years,
Or smile-illumed or dim with tears,
Green hills of life that slope to death,
And haunts of home, whose vistaed trees
Shade off to mournful cypresses
With the white amaranths underneath.
Even while I look, I can but heed
The restless sands' incessant fall,
Importunate hours that hours succeed,
Each clamorous with its own sharp need,
And duty keeping pace with all.
Shut down and clasp the heavy lids;
I hear again the voice that bids
The dreamer leave his dream midway
For larger hopes and graver fears:
Life greatens in these later years,
The century's aloe flowers to-day!

Yet, haply, in some lull of life,
Some Truce of God which breaks its strife,
The worldling's eyes shall gather dew,
Dreaming in throngful city ways
Of winter joys his boyhood knew;
And dear and early friends—the few
Who yet remain—shall pause to view
These Flemish pictures of old days;
Sit with me by the homestead hearth,
And stretch the hands of memory forth
To warm them at the wood-fire's blaze!

Before us passed the painted Creeks,
And daft McGregor on his raids
In Costa Rica's everglades.
And up Taygetos winding slow
Rode Ypsilanti's Mainote Greeks,
A Turk's head at each saddle-bow!
Welcome to us its week-old news,
Its corner for the rustic Muse,
Its monthly gauge of snow and rain,
Its record, mingling in a breath
The wedding bell and dirge of death;
Jest, anecdote, and love-lorn tale,
The latest culprit sent to jail;
Its hue and cry of stolen and lost,
Its vendue sales and goods at cost,
And traffic calling loud for gain.
We felt the stir of hall and street,
The pulse of life that round us beat;
The chill embargo of the snow
Was melted in the genial glow;
Wide swung again our ice-locked door,
And all the world was ours once more!

Clasp, Angel of the backward look
And folded wings of ashen gray
And voice of echoes far away,
The brazen covers of thy book;
The weird palimpsest old and vast,
Wherein thou hid'st the spectral past;
Where, closely mingling, pale and glow

That some poor neighbor sick abed
At night our mother's aid would need.
For, one in generous thought and deed,
What mattered in the sufferer's sight
The Quaker matron's inward light,
The Doctor's mail of Calvin's creed?
All hearts confess the saints elect
Who, twain in faith, in love agree,
And melt not in an acid sect
The Christian pearl of charity!

So days went on: a week had passed
Since the great world was heard from last.
The Almanac we studied o'er,
Read and reread our little store,
Of books and pamphlets, scarce a score;
One harmless novel, mostly hid
From younger eyes, a book forbid,
And poetry, (or good or bad,
A single book was all we had,)
Where Ellwood's meek, drab-skirted Muse,
A stranger to the heathen Nine,
Sang, with a somewhat nasal whine,
The wars of David and the Jews.
At last the floundering carrier bore
The village paper to our door.
Lo! broadening outward as we read,
To warmer zones the horizon spread;
In panoramic length unrolled
We saw the marvels that it told.

Shaking the snow from heads uptost,
Their straining nostrils white with frost.
Before our door the straggling train
Drew up, an added team to gain.
The elders threshed their hands a-cold,
  Passed, with the cider-mug, their jokes
  From lip to lip; the younger folks
Down the loose snow-banks, wrestling, rolled,
Then toiled again the cavalcade
  O'er windy hill, through clogged ravine,
  And woodland paths that wound between
Low drooping pine-boughs winter-weighed.
From every barn a team afoot,
At every house a new recruit,
Where, drawn by Nature's subtlest law
Haply the watchful young men saw
Sweet doorway pictures of the curls
And curious eyes of merry girls,
Lifting their hands in mock defence
Against the snow-ball's compliments,
And reading in each missive tost
The charm with Eden never lost.

We heard once more the sleigh-bells' sound;
  And, following where the teamsters led,
The wise old Doctor went his round,
Just pausing at our door to say,
In the brief autocratic way
Of one who, prompt at Duty's call,
Was free to urge her claim on all,

And love's contentment more than wealth,
With simple wishes (not the weak,
Vain prayers which no fulfilment seek,
But such as warm the generous heart,
O'er-prompt to do with Heaven its part)
That none might lack, that bitter night,
For bread and clothing, warmth and light.

Within our beds awhile we heard
The wind that round the gables roared,
With now and then a ruder shock,
Which made our very bedsteads rock.
We heard the loosened clapboards tost,
The board-nails snapping in the frost;
And on us, through the unplastered wall,
Felt the light sifted snow-flakes fall.
But sleep stole on, as sleep will do
When hearts are light and life is new;
Faint and more faint the murmurs grew,
Till in the summer-land of dreams
They softened to the sound of streams,
Low stir of leaves, and dip of oars,
And lapsing waves on quiet shores.

Next morn we wakened with the shout
Of merry voices high and clear;
And saw the teamsters drawing near
To break the drifted highways out.
Down the long hillside treading slow
We saw the half-buried oxen go,

Perversities of flower and fruit.
It is not ours to separate
The tangled skein of will and fate,
To show what metes and bounds should stand
Upon the soul's debatable land,
And between choice and Providence
Divide the circle of events;
But He who knows our frame is just,
Merciful and compassionate,
And full of sweet assurances
And hope for all the language is,
That He remembereth we are dust!

At last the great logs, crumbling low,
Sent out a dull and duller glow,
The bull's-eye watch that hung in view,
Ticking its weary circuit through,
Pointed with mutely warning sign
Its black hand to the hour of nine.
That sign the pleasant circle broke:
My uncle ceased his pipe to smoke,
Knocked from its bowl the refuse gray,
And laid it tenderly away,
Then roused himself to safely cover
The dull red brands with ashes over.
And while, with care, our mother laid
The work aside, her steps she stayed
One moment, seeking to express
Her grateful sense of happiness
For food and shelter, warmth and health,

Against the challenge of her knock!
Through Smyrna's plague-hushed thoroughfares,
Up sea-set Malta's rocky stairs,
Gray olive slopes of hills that hem
   Thy tombs and shrines, Jerusalem,
Or startling on her desert throne
The crazy Queen of Lebanon
With claims fantastic as her own,
Her tireless feet have held their way;
And still, unrestful, bowed, and gray,
She watches under Eastern skies,
   With hope each day renewed and fresh,
   The Lord's quick coming in the flesh,
Whereof she dreams and prophesies!

Where'er her troubled path may be,
   The Lord's sweet pity with her go!
The outward wayward life we see,
   The hidden springs we may not know.
Nor is it given us to discern
   What threads the fatal sisters spun,
   Through what ancestral years has run
The sorrow with the woman born,
What forged her cruel chain of moods,
What set her feet in solitudes,
   And held the love within her mute,
What mingled madness in the blood,
   A life-long discord and annoy,
   Water of tears with oil of joy,
And hid within the folded bud

A not unfeared, half-welcome guest,
Rebuking with her cultured phrase
Our homeliness of words and ways.
A certain pard-like, treacherous grace
   Swayed the lithe limbs and dropped the lash,
   Lent the white teeth their dazzling flash;
   And under low brows, black with night,
   Rayed out at times a dangerous light;
The sharp heat-lightnings of her face
Presaging ill to him whom Fate
Condemned to share her love or hate.
A woman tropical, intense
In thought and act, in soul and sense,
She blended in a like degree
The vixen and the devotee,
Revealing with each freak or feint
   The temper of Petruchio's Kate,
The raptures of Siena's saint.
Her tapering hand and rounded wrist
Had facile power to form a fist;
The warm, dark languish of her eyes
Was never safe from wrath's surprise.
Brows saintly calm and lips devout
Knew every change of scowl and pout;
And the sweet voice had notes more high
And shrill for social battle-cry.

Since then what old cathedral town
Has missed her pilgrim staff and gown,
What convent-gate has held its lock

Scatter before their swift advance
The darkness and the ignorance,
The pride, the lust, the squalid sloth,
Which nurtured Treason's monstrous growth,
Made murder pastime, and the hell
Of prison-torture possible;
The cruel lie of caste refute,
Old forms remould, and substitute
For Slavery's lash the freeman's will,
For blind routine, wise-handed skill;
A school-house plant on every hill,
Stretching in radiate nerve-lines thence
The quick wires of intelligence;
Till North and South together brought
Shall own the same electric thought,
In peace a common flag salute,
And, side by side in labor's free
And unresentful rivalry,
Harvest the fields wherein they fought.

Another guest that winter night
Flashed back from lustrous eyes the light.
Unmarked by time, and yet not young,
The honeyed music of her tongue
And words of meekness scarcely told
A nature passionate and bold,
Strong, self-concentred, spurning guide,
Its milder features dwarfed beside
Her unbent will's majestic pride.
She sat among us, at the best,

The rustic party, with its rough
Accompaniment of blind-man's-buff,
And whirling plate, and forfeits paid,
His winter task a pastime made.
Happy the snow-locked homes wherein
He tuned his merry violin,
Or played the athlete in the barn,
Or held the good dame's winding-yarn,
Or mirth-provoking versions told
Of classic legends rare and old,
Wherein the scenes of Greece and Rome
Had all the commonplace of home,
And little seemed at best the odds
'Twixt Yankee pedlers and old gods;
Where Pindus-born Arachthus took
The guise of any grist-mill brook,
And dread Olympus at his will
Became a huckleberry hill.

A careless boy that night he seemed;
   But at his desk he had the look
And air of one who wisely schemed,
   And hostage from the future took
   In trainëd thought and lore of book.
Large-brained, clear-eyed, of such as he
Shall Freedom's young apostles be,
Who, following in War's bloody trail,
Shall every lingering wrong assail;
All chains from limb and spirit strike,
Uplift the black and white alike;

Since near at need the angels are;
And when the sunset gates unbar,
   Shall I not see thee waiting stand,
And, white against the evening star,
   The welcome of thy beckoning hand?

Brisk wielder of the birch and rule,
The master of the district school
Held at the fire his favored place,
Its warm glow lit a laughing face
Fresh-hued and fair, where scarce appeared
The uncertain prophecy of beard.
He teased the mitten-blinded cat,
Played cross-pins on my uncle's hat,
Sang songs, and told us what befalls
In classic Dartmouth's college halls.
Born the wild Northern hills among,
From whence his yeoman father wrung
By patient toil subsistence scant,
Not competence and yet not want,
He early gained the power to pay
His cheerful, self-reliant way;
Could doff at ease his scholar's gown
To peddle wares from town to town;
Or through the long vacation's reach
In lonely lowland districts teach,
Where all the droll experience found
At stranger hearths in boarding round,
The moonlit skater's keen delight,
The sleigh-drive through the frosty night,

Do those large eyes behold me still?
With me one little year ago:—
The chill weight of the winter snow
   For months upon her grave has lain;
And now, when summer south-winds blow
   And brier and harebell bloom again,
I tread the pleasant paths we trod,
I see the violet-sprinkled sod
Whereon she leaned, too frail and weak
The hillside flowers she loved to seek,
Yet following me where'er I went
With dark eyes full of love's content.
The birds are glad; the brier-rose fills
The air with sweetness; all the hills
Stretch green to June's unclouded sky;
But still I wait with ear and eye
For something gone which should be nigh,
A loss in all familiar things,
In flower that blooms, and bird that sings.
And yet, dear heart! remembering thee,
   Am I not richer than of old?
Safe in thy immortality,
   What change can reach the wealth I hold?
   What chance can mar the pearl and gold
Thy love hath left in trust with me?
And while in life's late afternoon,
   Where cool and long the shadows grow,
I walk to meet the night that soon
   Shall shape and shadow overflow,
I cannot feel that thou art far,

The virgin fancies of the heart.
Be shame to him of woman born
Who hath for such but thought of scorn.

There, too, our elder sister plied
Her evening task the stand beside;
A full, rich nature, free to trust,
Truthful and almost sternly just,
Impulsive, earnest, prompt to act,
And make her generous thought a fact,
Keeping with many a light disguise
The secret of self-sacrifice.
O heart sore-tried! thou hast the best
That Heaven itself could give thee,—rest,
Rest from all bitter thoughts and things!
   How many a poor one's blessing went
   With thee beneath the low green tent
Whose curtain never outward swings!

As one who held herself a part
Of all she saw, and let her heart
   Against the household bosom lean,
Upon the motley-braided mat
Our youngest and our dearest sat,
Lifting her large, sweet, asking eyes,
   Now bathed in the unfading green
And holy peace of Paradise.
Oh, looking from some heavenly hill,
   Or from the shade of saintly palms,
   Or silver reach of river calms,

The muskrat plied the mason's trade,
And tier by tier his mud-walls laid;
And from the shagbark overhead
The grizzled squirrel dropped his shell.

Next, the dear aunt, whose smile of cheer
And voice in dreams I see and hear,—
The sweetest woman ever Fate
Perverse denied a household mate,
Who, lonely, homeless, not the less
Found peace in love's unselfishness,
And welcome wheresoe'er she went,
A calm and gracious element,
Whose presence seemed the sweet income
And womanly atmosphere of home,—
Called up her girlhood memories,
The huskings and the apple-bees,
The sleigh-rides and the summer sails,
Weaving through all the poor details
And homespun warp of circumstance
A golden woof-thread of romance.
For well she kept her genial mood
And simple faith of maidenhood;
Before her still a cloud-land lay,
The mirage loomed across her way;
The morning dew, that dries so soon
With others, glistened at her noon;
Through years of toil and soil and care,
From glossy tress to thin gray hair,
All unprofaned she held apart

To all the woodcraft mysteries;
Himself to Nature's heart so near
That all her voices in his ear
Of beast or bird had meanings clear,
Like Apollonius of old,
Who knew the tales the sparrows told,
Or Hermes who interpreted
What the sage cranes of Nilus said;
Content to live where life began;
A simple, guileless, childlike man,
Strong only on his native grounds,
The little world of sights and sounds
Whose girdle was the parish bounds,
Whereof his fondly partial pride
The common features magnified,
As Surrey hills to mountains grew
In White of Selborne's loving view,—
He told how teal and loon he shot,
And how the eagle's eggs he got,
The feats on pond and river done,
The prodigies of rod and gun;
Till, warming with the tales he told,
Forgotten was the outside cold,
The bitter wind unheeded blew,
From ripening corn the pigeons flew,
The partridge drummed i' the wood, the mink
Went fishing down the river-brink.
In fields with bean or clover gay,
The woodchuck, like a hermit gray,
　Peered from the doorway of his cell;

Beloved in every Quaker home,
Of faith fire-winged by martyrdom,
Or Chalkley's Journal, old and quaint,—
Gentlest of skippers, rare sea-saint!—
Who, when the dreary calms prevailed,
And water-butt and bread-cask failed,
And cruel, hungry eyes pursued
His portly presence mad for food,
With dark hints muttered under breath
Of casting lots for life or death,
Offered, if Heaven withheld supplies,
To be himself the sacrifice.
Then, suddenly, as if to save
The good man from his living grave,
A ripple on the water grew,
A school of porpoise flashed in view.
"Take, eat," he said, "and be content;
These fishes in my stead are sent
By Him who gave the tangled ram
To spare the child of Abraham."

Our uncle, innocent of books,
Was rich in lore of fields and brooks,
The ancient teachers never dumb
Of Nature's unhoused lyceum.
In moons and tides and weather wise,
He read the clouds as prophecies,
And foul or fair could well divine,
By many an occult hint and sign,
Holding the cunning-warded keys

Told how the Indian hordes came down
At midnight on Cocheco town,
And how her own great-uncle bore
His cruel scalp-mark to fourscore.
Recalling, in her fitting phrase,
   So rich and picturesque and free,
   (The common unrhymed poetry
Of simple life and country ways,)
The story of her early days,—
She made us welcome to her home;
Old hearths grew wide to give us room;
We stole with her a frightened look
At the gray wizard's conjuring-book,
The fame whereof went far and wide
Through all the simple country side;
We heard the hawks at twilight play,
The boat-horn on Piscataqua,
The loon's weird laughter far away;
We fished her little trout-brook, knew
What flowers in wood and meadow grew,
What sunny hillsides autumn-brown
She climbed to shake the ripe nuts down,
Saw where in sheltered cove and bay
The ducks' black squadron anchored lay,
And heard the wild-geese calling loud
Beneath the gray November cloud.

Then, haply, with a look more grave,
And soberer tone, some tale she gave
From painful Sewel's ancient tome,

Beneath St. François' hemlock-trees;
Again for him the moonlight shone
On Norman cap and bodiced zone;
Again he heard the violin play
Which led the village dance away,
And mingled in its merry whirl
The grandam and the laughing girl.
Or, nearer home, our steps he led
Where Salisbury's level marshes spread
  Mile-wide as flies the laden bee;
Where merry mowers, hale and strong,
Swept, scythe on scythe, their swaths along
  The low green prairies of the sea.
We shared the fishing off Boar's Head,
  And round the rocky Isles of Shoals
  The hake-broil on the drift-wood coals;
The chowder on the sand-beach made,
Dipped by the hungry, steaming hot,
With spoons of clam-shell from the pot.
We heard the tales of witchcraft old,
And dream and sign and marvel told
To sleepy listeners as they lay
Stretched idly on the salted hay,
Adrift along the winding shores,
When favoring breezes deigned to blow
The square sail of the gundelow
And idle lay the useless oars.

Our mother, while she turned her wheel
Or run the new-knit stocking-heel,

Yet Love will dream, and Faith will trust,
(Since He who knows our need is just,)
That somehow, somewhere, meet we must.
Alas for him who never sees
The stars shine through his cypress-trees!
Who, hopeless, lays his dead away,
Nor looks to see the breaking day
Across the mournful marbles play!
Who hath not learned, in hours of faith,
   The truth to flesh and sense unknown,
That Life is ever lord of Death,
   And Love can never lose its own!

We sped the time with stories old,
Wrought puzzles out, and riddles told,
Or stammered from our school-book lore
"The Chief of Gambia's golden shore."
How often since, when all the land
Was clay in Slavery's shaping hand,
As if a far-blown trumpet stirred
The languorous sin-sick air, I heard:
"Does not the voice of reason cry,
   Claim the first right which Nature gave,
From the red scourge of bondage fly,
   Nor deign to live a burdened slave!"
Our father rode again his ride
On Memphremagog's wooded side;
Sat down again to moose and samp
In trapper's hut and Indian camp;
Lived o'er the old idyllic ease

The mug of cider simmered slow,
The apples sputtered in a row,
And, close at hand, the basket stood
With nuts from brown October's wood.

What matter how the night behaved?
What matter how the north-wind raved?
Blow high, blow low, not all its snow
Could quench our hearth-fire's ruddy glow.
O Time and Change!—with hair as gray
As was my sire's that winter day,
How strange it seems, with so much gone
Of life and love, to still live on!
Ah, brother! only I and thou
Are left of all that circle now,—
The dear home faces whereupon
That fitful firelight paled and shone.
Henceforward, listen as we will,
The voices of that hearth are still;
Look where we may, the wide earth o'er
Those lighted faces smile no more.
We tread the paths their feet have worn,
  We sit beneath their orchard trees,
  We hear, like them, the hum of bees
And rustle of the bladed corn;
We turn the pages that they read,
  Their written words we linger o'er,
But in the sun they cast no shade,
No voice is heard, no sign is made,
  No step is on the conscious floor!

The moon above the eastern wood
Shone at its full; the hill-range stood
Transfigured in the silver flood,
Its blown snows flashing cold and keen,
Dead white, save where some sharp ravine
Took shadow, or the sombre green
Of hemlocks turned to pitchy black
Against the whiteness at their back.
For such a world and such a night
Most fitting that unwarming light,
Which only seemed where'er it fell
To make the coldness visible.

Shut in from all the world without,
We sat the clean-winged hearth about,
Content to let the north-wind roar
In baffled rage at pane and door,
While the red logs before us beat
The frost-line back with tropic heat;
And ever, when a louder blast
Shook beam and rafter as it passed,
The merrier up its roaring draught
The great throat of the chimney laughed;
The house-dog on his paws outspread
Laid to the fire his drowsy head,
The cat's dark silhouette on the wall
A couchant tiger's seemed to fall;
And, for the winter fireside meet,
Between the andirons' straddling feet,

And, in our lonely life, had grown
To have an almost human tone.

As night drew on, and, from the crest
Of wooded knolls that ridged the west,
The sun, a snow-blown traveller, sank
From sight beneath the smothering bank,
We piled, with care, our nightly stack
Of wood against the chimney-back,—
The oaken log, green, huge, and thick,
And on its top the stout back-stick;
The knotty forestick laid apart,
And filled between with curious art
The ragged brush; then, hovering near,
We watched the first red blaze appear,
Heard the sharp crackle, caught the gleam
On whitewashed wall and sagging beam,
Until the old, rude-furnished room
Burst, flower-like, into rosy bloom;
While radiant with a mimic flame
Outside the sparkling drift became,
And through the bare-boughed lilac-tree
Our own warm hearth seemed blazing free.
The crane and pendent trammels showed,
The Turks' heads on the andirons glowed;
While childish fancy, prompt to tell
The meaning of the miracle,
Whispered the old rhyme: *"Under the tree,*
When fire outdoors burns merrily,
There the witches are making tea."

The cock his lusty greeting said,
And forth his speckled harem led;
The oxen lashed their tails, and hooked,
And mild reproach of hunger looked;
The hornëd patriarch of the sheep,
Like Egypt's Amun roused from sleep,
Shook his sage head with gesture mute,
And emphasized with stamp of foot.

All day the gusty north-wind bore
The loosening drift its breath before;
Low circling round its southern zone,
The sun through dazzling snow-mist shone.
No church-bell lent its Christian tone
To the savage air, no social smoke
Curled over woods of snow-hung oak.
A solitude made more intense
By dreary-voicëd elements,
The shrieking of the mindless wind,
The moaning tree-boughs swaying blind,
And on the glass the unmeaning beat
Of ghostly finger-tips of sleet.
Beyond the circle of our hearth
No welcome sound of toil or mirth
Unbound the spell, and testified
Of human life and thought outside.
We minded that the sharpest ear
The buried brooklet could not hear,
The music of whose liquid lip
Had been to us companionship,

Rose up where sty or corn-crib stood,
Or garden-wall, or belt of wood;
A smooth white mound the brush-pile showed,
A fenceless drift what once was road;
The bridle-post an old man sat
With loose-flung coat and high cocked hat;
The well-curb had a Chinese roof;
And even the long sweep, high aloof,
In its slant splendor, seemed to tell
Of Pisa's leaning miracle.

A prompt, decisive man, no breath
Our father wasted: "Boys, a path!"
Well pleased, (for when did farmer boy
Count such a summons less than joy?)
Our buskins on our feet we drew;
With mittened hands, and caps drawn low,
To guard our necks and ears from snow,
We cut the solid whiteness through.
And, where the drift was deepest, made
A tunnel walled and overlaid
With dazzling crystal: we had read
Of rare Aladdin's wondrous cave,
And to our own his name we gave,
With many a wish the luck were ours
To test his lamp's supernal powers.
We reached the barn with merry din,
And roused the prisoned brutes within.
The old horse thrust his long head out,
And grave with wonder gazed about;

Upon the scaffold's pole of birch,
The cock his crested helmet bent
And down his querulous challenge sent.

Unwarmed by any sunset light
The gray day darkened into night,
A night made hoary with the swarm,
And whirl-dance of the blinding storm,
As zigzag, wavering to and fro,
Crossed and recrossed the wingëd snow:
And ere the early bedtime came
The white drift piled the window-frame,
And through the glass the clothes-line posts
Looked in like tall and sheeted ghosts.

So all night long the storm roared on:
The morning broke without a sun;
In tiny spherule traced with lines
Of Nature's geometric signs,
In starry flake, and pellicle,
All day the hoary meteor fell;
And, when the second morning shone,
We looked upon a world unknown,
On nothing we could call our own.
Around the glistening wonder bent
The blue walls of the firmament,
No cloud above, no earth below,—
A universe of sky and snow!
The old familiar sights of ours
Took marvellous shapes; strange domes and towers

THE sun that brief December day
Rose cheerless over hills of gray,
And, darkly circled, gave at noon
A sadder light than waning moon.
Slow tracing down the thickening sky
Its mute and ominous prophecy,
A portent seeming less than threat,
It sank from sight before it set.
A chill no coat, however stout,
Of homespun stuff could quite shut out,
A hard, dull bitterness of cold,
That checked, mid-vein, the circling race
Of life-blood in the sharpened face,
The coming of the snow-storm told.
The wind blew east; we heard the roar
Of Ocean on his wintry shore,
And felt the strong pulse throbbing there
Beat with low rhythm our inland air.

Meanwhile we did our nightly chores,—
Brought in the wood from out of doors,
Littered the stalls, and from the mows
Raked down the herd's-grass for the cows:
Heard the horse whinnying for his corn;
And, sharply clashing horn on horn,
Impatient down the stanchion rows
The cattle shake their walnut bows;
While, peering from his early perch

Judge of the Prerogative Court.

"As the Spirits of Darkness be stronger in the dark, so Good Spirits, which be Angels of Light, are augmented not only by the Divine light of the Sun, but also by our common VVood Fire: and as the Celestial Fire drives away dark spirits, so also this our Fire of VVood doth the same." — Cor. Agrippa, *Occult Philosophy*, Book I. ch. v.

"Announced by all the trumpets of the sky,
Arrives the snow, and, driving o'er the fields,
Seems nowhere to alight: the whited air
Hides hills and woods, the river and the heaven,
And veils the farm-house at the garden's end.
The sled and traveller stopped, the courier's feet
Delayed, all friends shut out, the housemates sit
Around the radiant fireplace, enclosed
In a tumultuous privacy of storm."

Emerson. *The Snow Storm.*

suggested the idea of saddles, on which her titled hostess expected to ride into Jerusalem with the Lord. A friend of mine found her, when quite an old woman, wandering in Syria with a tribe of Arabs, who with the Oriental notion that madness is inspiration, accepted her as their prophetess and leader. At the time referred to in *Snow-Bound* she was boarding at the Rocks Village about two miles from us.

In my boyhood, in our lonely farm-house, we had scanty sources of information; few books and only a small weekly newspaper. Our only annual was the Almanac. Under such circumstances story-telling was a necessary resource in the long winter evenings. My father when a young man had traversed the wilderness to Canada, and could tell us of his adventures with Indians and wild beasts, and of his sojourn in the French villages. My uncle was ready with his record of hunting and fishing and, it must be confessed, with stories which he at least half believed, of witchcraft and apparitions. My mother, who was born in the Indian-haunted region of Somersworth, New Hampshire, between Dover and Portsmouth, told us of the inroads of the savages, and the narrow escape of her ancestors. She described strange people who lived on the Piscataqua and Cocheco, among whom was Bantam the sorcerer. I have in my possession the wizard's "conjuring book," which he solemnly opened when consulted. It is a copy of Cornelius Agrippa's *Magic* printed in 1651, dedicated to Dr. Robert Child, who, like Michael Scott, had learned

"the art of glammorie
In Padua beyond the sea,"

and who is famous in the annals of Massachusetts, where he was at one time a resident, as the first man who dared petition the General Court for liberty of conscience. The full title of the book is *Three Books of Occult Philosophy, by Henry Cornelius Agrippa, Knight, Doctor of both Laws, Counsellor to Cæsar's Sacred Majesty and*

SNOW-BOUND.

A WINTER IDYL.

TO THE MEMORY
OF
THE HOUSEHOLD IT DESCRIBES,
THIS POEM IS DEDICATED BY THE AUTHOR.

The inmates of the family at the Whittier homestead who are referred to in the poem were my father, mother, my brother and two sisters, and my uncle and aunt both unmarried. In addition, there was the district school-master who boarded with us. The "not unfeared, half-welcome guest" was Harriet Livermore, daughter of Judge Livermore, of New Hampshire, a young woman of fine natural ability, enthusiastic, eccentric, with slight control over her violent temper, which sometimes made her religious profession doubtful. She was equally ready to exhort in school-house prayer-meetings and dance in a Washington ball-room, while her father was a member of Congress. She early embraced the doctrine of the Second Advent, and felt it her duty to proclaim the Lord's speedy coming. With this message she crossed the Atlantic and spent the greater part of a long life in travelling over Europe and Asia. She lived some time with Lady Hester Stanhope, a woman as fantastic and mentally strained as herself, on the slope of Mt. Lebanon, but finally quarrelled with her in regard to two white horses with red marks on their backs which

訳者紹介
根本　泉（ねもと・いずみ）
1960 年，茨城県に生まれる．東北学院大学大学院文学研究科博士後期課程満期退学．
マサチューセッツ・ルネサンス研究所（マサチューセッツ大学アマースト校）客員研究員（2007-2008 年）．現在，石巻専修大学人間学部教授．イギリス文学専攻．
主要著書・論文：『ミルトンとその光芒―英文学論集』（共著，金星堂），『詩人の王 スペンサー』（共著，九州大学出版会），『英文学の杜　西山良雄先生退任記念論文輯』（共著，松柏社），「C・S・ルイスとエドマンド・スペンサー ――「善」のイメージをめぐって――」（『キリスト教文学研究』第 15 号），「『ナルニア国年代記』における「巡礼」のモチーフ――スペンサーの影響をめぐって」（『キリスト教文学研究』第 27 号）ほか．

雪に閉ざされて
冬の田園詩

2016年 2月29日　第1版第1刷発行

著者
ジョン・グリーンリーフ・ホイッティア

訳者
根本　泉

発行者……小林　望
発行所……株式会社新教出版社
〒162-0814 東京都新宿区新小川町 9-1
電話（代表）03 (3260) 6148
印刷・製本……モリモト印刷株式会社

ISBN 978-4-400-62773-9　C1098